全員がサラダバーに行ってる時に全部のカバン見てる役割

岡本雄矢

全員がサラダバーに行ってる時に全部のカバン見てる役割

まえがき――僕の不幸を短歌にしてみました

はじめまして。「歌人芸人」の岡本雄矢といいます。スキンヘッドカメラというコンビを組んでいます。

歌人芸人？　スキンヘッドカメラ？　聞いたことないな、ページを閉じよう……と思ったあなた。ちょっと待ってください！

これは、〝不幸の手紙（不幸をお届けしちゃうやつ）〟ならぬ、〝あなたの不幸をちょっとずつ吸い取ってさしあげる本〟です。

この本を最後まで読んでも、あなたになにかいいことが起こるとは言えませんが、ある人を笑顔にすることができます。そうです、僕です。

僕は札幌で芸人をしながら、フリースタイルの短歌を作っています。

短歌というのは、国語の時間に習ったように、五・七・五・七・七の三十一《みそひと》文字《もじ》でできてます。そして「フリースタイル」というのは、そのルールから解き放たれたもので、もっと自由に、定型に囚《とら》われずに作っていこうじゃないかというものなんです。僕が作っているのは、それです。

短歌を作る人のことを歌人といいますので、僕は「歌人芸人」というわけです。おそらくそんなふうに名乗ってるのは、今のところ、この世の中に僕だけかなと思います。


僕がなにを短歌にしているのか。

ひたすら小さな不幸に見舞われる日々を、短歌にしています。

僕の生活には、なぜ自分だけこんな目に遭うんだ、と思うようなことが頻繁に起こります。

生きるのって難しいなと、いつも思っています。言いたいことが言えなかったなと、昨日も思ったし、今日も思ったし、明日も思うでしょう。

　そんなことを短歌にし続けていたら、ありがたいことに幻冬舎さんに見つけていただき、こうして本を出させてもらうことになりました。


　これを読んでくれている人の中にも、自分は不運だな、不幸だなと思っている人がいるでしょう。でも大丈夫です。僕があなたよりも、小さな不幸にたくさん遭っているよと、〝だいたい31音〟で証明してみせましょう。

　なぜ自分ばかりがこんなつらい目に遭うのかと自信を失っている人がいるでしょう。大丈夫。僕もあなたと同じようなつらい目に遭っていると、〝ほぼ31音〟で綴《つづ》りましょう。

　生きるのって難しいなあと思っている人がいるでしょう。大丈夫。僕も同じくらい難しい人生を生きていると、〝31音前後〟で語ってみせましょう。


　あなたに明日笑ってもらうために、僕の不幸を短歌にしてみました。

1本の電車のつもりで待っていた踏切を2本電車が通る

ローソンの斜め向かいのローソンの隣の隣にセブン-イレブン

むしょくという声が無職と聞こえてて無色と気付くまでの数秒

メロンと名のつくものメロン以外全部メロンの味がほとんどしない

左手に見えますホストに座られているのが僕のスクーターです

知らない人に声をかけるのは苦手です。ましてや、それがホストの集団となると、そのあまりの眩《まぶ》しさに、すっかりお手上げで。

その夜、僕は仕事を終えて帰るために、自分のスクーターを置いた場所に向かっていました。嫌な予感はしていました。札幌が誇る歓楽街、すすきのの週末。人通りは多く、客引きのホストの方々も、やたら目についていました。スクーターのもとに着くと、僕のスクーターには、一人のホストが座り、それを囲むように何人かのホストがいて、談笑していました。

その光景を見た時、僕は半分驚き、だけど半分は、ナルホドねと納得するような気分でした。

僕だもんな。

起きてほしいことはほとんど起きなくて、起きてほしくないことはだいたい起こる、僕だもんな。そうだよな。

そう思いながら、僕は自分のスクーターの前を、そこに自分のスクーターなんて止めてませんよ的な素振《そぶ》りで通りすぎました。

それから僕は、すすきのの街を、歩きました。時には、たこ焼き屋の前で止まり、買っていこうかどうしようかというフリをしたり、ゲームセンターの前で、さも待ち合わせをしているかのように、スマホをちらちらと見てみたり。僕は、まだ帰る気なんてないよ、まだまだ予定があるんだよ、という振る舞いを、一人続けていました。それは、誰かに見せるためではなく、ホストに声をかけることのできなかった自分をいなかったことにするための、自分を守るために必要な行動だったのです。

30分くらい経《た》ったでしょうか。そろそろ状況は変わったのではないかと思い、僕はスクーターのもとへと戻りました。状況は変わっていました。談笑は爆笑に変わり、周りを取り囲むホストの中に、何人かの女の子も加わっていました。宴《うたげ》は、まだ終わりそうにありません。いいんだ、僕も、まだ帰る気はなかったんだから。

クリップを買うクリップを1つ使うクリップが119個余る

短歌には新人賞というものがあります。

まだ世に出ていない歌人たちが、30首や50首という決められた数の短歌を作り、優劣を競う。

漫才でいうところの『M－1グランプリ』みたいなものでしょうか。

その年、僕は新人賞に応募するため、短歌を作り、仕上げました。

その新人賞は原稿用紙を郵送するシステムで、募集要項の中には、こうあります。

「作品の冒頭には表題と氏名を明記してクリップで綴《と》じてください。」

クリップ。

久しぶりに聞く言葉です。いつから使っていないか覚えてないくらい、僕の生活に縁のないものです。

なので、もちろん手元にあるわけもなく、僕はクリップを買いに100均に向かいました。

クリップが1個で売ってるなんて思ってはいませんでしたが、まさか一番少ないもので120個入りとも思いませんでした。

必要な人には必要なのでしょうが、僕に必要なのは1つです。

119個のクリップが余りました。

新人賞は、残念な結果に終わりました。

次の年、リベンジで同じ新人賞に応募するため、僕はまた短歌を作り、仕上げました。

募集要項の中には、やはりこうあります。
「作品の冒頭には表題と氏名を明記してクリップで綴じてください。」
去年使ったクリップはどこにあるだろう？
119個のクリップはどこに置いただろう？
必死に家の中を捜《さが》しましたが、まったく見つかりません。
応募期限は、そこまできています。
僕は仕方なく、100均で120個入りのクリップを買いました。
またクリップが119個余りました。

スパゲッティがパスタになってバイキングがビュッフェになっても僕ずっと僕

この前「スパゲッティ」という言葉を使ったら「パスタのことね」と言われました。
わかるけど、「スパゲッティ」って言葉は、もう使っちゃダメな言葉なんですか？　「スパゲッティ」は死語なんですか？

最近こういうことが結構あります。

食べ放題の意味で「バイキング」という言葉を使ったら「ビュッフェのことね」と強く返されました。

伝わってるんなら、そんな強い訂正をしてこなくていいじゃないですか。

もっと言えば、この場合の「バイキング」は食べ放題の意味ですが、「ビュッフェ」は必ずしも食べ放題の意味ではないので、その訂正のほうが実は間違ってますよね。こちらからは、決してそんなことは言いませんが。

「デニムですから」

ジーンズでいいじゃないですか。なんなら、本当はジーパンって言いたいんですから。こちらサイドは、ジーンズだって頑張って使ってるんです。

「ジーパンじゃなくて、パンツね」

こちらサイドのパンツは下着のことですから。そちらサイドのパンツはズボンのことですよね。

「ズボン？　デニムですから。デニムのパンツですから」

もういいです。きっと僕らがわかり合えることはないのでしょう。

世の中について行かなくてはいけないと思いつつも、なかなか新しい言葉に馴染むことができません。それは自覚しています。

だけど、そういう言葉でマウントを取ってくるの、少しだけやめてみませんか？

この「マウントを取る」も、今すごく頑張って使っています。

全員がサラダバーに行ってる時に全部のカバン見てる役割

サラダバーというシステムがあるファミリーレストランが、よくあります。

サラダが取り放題で、友達と一緒に行った時なんかに、ワイワイ言いながらサラダを取れるのも人気の一因なのでしょう。

しかし僕には、ワイワイ言いながらサラダを取った覚えが、あまりありません。

なぜか？

それを以下に書き記しておこうと思います。

サラダバーを注文すると、だいたいの場合、みんなで一斉にサラダを取りにサラダバーに向かいます。

席にカバンを置いて。ある人は財布を、ある人はスマートフォンを置いて。

日本は基本的には平和な国です。だけど、置き引きの恐れがないわけではありません。

今、ここで最後の一人の僕がサラダバーに行って、席を離れてしまったら、このカバンたちは盗まれてしまうかもしれません。

あなた方が、ワイワイとトッピングを考えている間に、あなた方の財布は盗まれてしまうかもしれません。

あなた方が、なにドレッシングをかけようかはしゃいでいる間に、あなた方のスマートフォンは盗まれてしまうかもしれません。

可能性は薄くてもゼロではないはずです。

そんなことのないように、この席がそんな目に遭わないように、僕は席を立たずにいるのです。

席に戻ってきた知り合いは「え？　サラダ取りに行かないの？」と聞いてきます。

「みんなのカバンを見てたんだ」なんて恩着せがましいことは言いたくないので、「いや、後でにしようかと思って」などとお茶を濁します。

時には、一緒に行かないなんてノリが悪いなという顔をされることもあります。そう口に出されることもあります。だけど、僕は本当のことは言いません。本当のことを言って、「別にそんなこと頼んでないし」などと言われて空気が悪くなっては最悪だからです。

なのであなたの周りに、サラダバーに、みんなと一緒に行かず席に残っている人がいたら、その人は、きっとそういう人です。

理由を問い詰めないでもらえると幸いです。

公園でブランコをこぐおじさんは空まで届くくらい一人だ

先日、平日の昼間に、公園でブランコをこいでいるおじさんを見ました。40代くらいのおじさんで、いでたちはスーツ。頭には、今はなくなった野球チームの帽子をかぶっています。そんな〝やや違和感のある格好のおじさん〟

が、ゆっくりとブランコをこいでいます。

このおじさんはなぜブランコをこいでいるのだろう？

仕事とは思えません。世の中には色々な仕事があって、僕の知らない仕事も多く存在するのは知っていますが、さすがに昼間に公園でブランコをこぐだけの仕事はないでしょう。

暇つぶしでしょうか？　その可能性が大きい気もしますが、ブランコは大人の暇つぶしになるのでしょうか？

おじさんは僕の見たところ、もう10分ほどブランコをこいでいます。子どもならまだしも、大人が10分もの間、暇つぶしでブランコをこぎ続けられるものでしょうか？

そんなことを思いながらおじさんを見ていると、おじさんはブランコの上に立ち、立ちこぎをはじめました。

なぜ？

呆気《あっけ》に取られている僕をよそ目に、おじさんのブランコは、どんどん勢いを増していきます。スピード、空中到達点共に、今までに見たことのないくらいのものです。

このおじさんのブランコの勢いで地球は回っているのかも、と勘違いしてしまうほどの勢いです。

改めて思います。

このおじさんは、なぜこんなにも必死にブランコをこいでいるのだろう？

おじさんは平日の昼間に、なにをしているのだろう？

その瞬間、おじさんがチラッと僕のほうを見ました。一瞬おじさんと僕は目が合いました。

おじさんは思ったでしょう。

この人は、平日の昼間に、公園のブランコをこぎもせず、ずっとブランコに座って、いったいなにをしているのだろう？　と。

相合傘すぐに消し去るエントリーナンバー2番ビッグウェーブ

その日、僕は海にいました。

別に海に行ったからってなによ、と普段は、海に特別な思いなど持っていない僕が、知り合いに誘われるがままに海にやってきたのは、今思えば、きっと浮かれていたんだと思います。あの、恋とかいう、やっかいなものをしていたせいで。

ひと夏の恋の経験はないけれど、ひと夏も持たなかった恋の経験はあります。とある街コンで出会った、感じがよく、可愛らしい彼女に、僕はたちまち好意を持ちました。恋に落ちた決め手は、重松清《しげまつきよし》が好きだという話で盛り上がれたことです。はじめて会った人が、自分と同じものを好きという現象は、否応《いやおう》なく、人を恋に導きます。

僕は、次の日、彼女が一番好きだと話していた、重松清の長編小説を、本屋で買いました。

そんな彼女の話をしながら、知り合いと二人、海岸沿いを歩いていました。砂浜に相合傘を描こうなんて思ったのは、さっき知り合いが、自分と自分の彼女の相合傘を砂浜に描いていたことを真似《まね》てという気持ちも、もちろんあったけれど、やっぱり浮かれていたんだと思います。

僕は木の枝を拾い、砂浜に相合傘を描き、その下に、自分と街コンで出会った彼女の名前を書きました。

描いて、何十秒もしないうちに、驚くべきことが起こりました。

その相合傘を、一瞬にして、波がさらっていったのです。

僕だってバカじゃないから、相合傘は、今まで波のきていない、砂がサラッサラの場所に描いていました。なのに、僕が彼女との相合傘を描いた瞬間に、サーファーがよだれを垂らして喜ぶような、波がきやがったのです。

僕の恋が、地球に否定された瞬間です。

その何日か後、僕は彼女に彼氏がいることを知りました。夏の真っ最中でした。重松清の長編小説は、まだ読みはじめたばかりです。

僕よりも優秀な人だ一発で縦列駐車を綺麗に入れた

「車の運転が下手な男って本当にカッコ悪いよね」

それを聞いた僕は、この子とは、もう会わないほうがいいかもと思いました。

車の運転が苦手です。

車の流れに乗るのが下手だし、停車の時にガクンッてなったりもします。

その苦手な運転の中でも、抜群に苦手なのがバックです。

別に初心者というわけではないのに、どれくらいハンドルを動かしたら、どれくらい曲がるのかが、いまだに感覚的に摑《つか》めません。アクセルをどれくらい踏んで、どれくらいのスピードでバックすればちょうどいいのかも、まったく摑めていません。

スーパーなどに行った時に、駐車場に空きがたくさんある場合はいいんです。これが両隣に車が止まっている場所しか空いていない時は大変です。

何回切り返すんだというくらいに切り返します。切り返して切り返して切り返した後に、諦《あきら》めて、前から入れることも多々あります。そのスーパーは諦めて、別のスーパーに行くことも珍しくありません。

そんな僕の目の前で、今、縦列駐車を一発で完璧に入れている車があります。

あの運転手さんは、僕とは持って生まれたなにかが違うんだ。

ちなみに、バックで限界の僕の運転のカテゴリーの中に、縦列駐車というものはありません。

その車の中から、カップルと思《おぼ》しき男女が出てきました。

その女の子のほうが「車の運転が下手な男って本当にカッコ悪いよね」と言っていた、あの子に似ている気がしました。

鴨せいろ一枚もりそば一枚で鴨汁シェアして食べるあいつら

お昼ご飯を食べるために、一人蕎麦《そば》屋に入りました。注文を終えて、なんとなしに店内を見回した僕は、違和感を覚えます。

斜め向かいのカップルらしき男女。彼氏が鴨せいろ、彼女がもりそばを食べているのですが、僕は見てしまったのです。彼女がもりそばを鴨汁につけているのを。

これはルール違反だ。鴨汁は鴨せいろについてるものだ。鴨せいろ以外のそばを鴨汁につけることは、許されない。彼女はそれをやってしまったのだ。しかも彼氏も笑顔で、それを容認している。共犯だ。この行為は咎《とが》められなければならない。

店員さんを見てみると、お昼時の忙しい時間で、カップルの罪に気が付く様子はありません。他の客を見回してみますが、みんなそばに夢中です。

どうする？　僕が言うか？　でもなんて言う？

「鴨汁シェアするのダメですよ」か？「まだ僕しか気付いてません。今のうちにやめといたほうが」か？

なんにせよ、急に蕎麦屋で、店員でもない知らない人に、そんなことで声をかけられるのは、気持ち悪いでしょう。

そんなことを考えていると、僕のところに注文したそばがやってきました。

わかった、今日は見逃しといてやろう。僕は一人、もりそばをもりそばのつゆにつけて食べはじめました。

「元カレの生死に興味などない」とキャラメルマキアートの滑る舌

カフェなどに行くと、隣の人の会話が耳に入ってくるということが、よくあります。

この前も、一人カフェでくつろいでいると、隣の席に若い女性二人が座っていて、会話をしていました。

そのうちの一人が言います。

「元カレが生きてようと死んでようと、本当にどうでもいいんだよね」

なかなかセンセーショナルな発言じゃないですか。どんな流れで、その発言に至ったかはわかりませんが、なかなかに偏った考えをお持ちじゃないですか。

そう思っていた僕ですが、もう一人の女性の発言により、さらなる衝撃を受けます。

「本当、そうだよね」

そうなの？　共感なの？

「別にそいつのことなに聞いても、なんの感情も起きないし、本当に無って感じ」

そうなの？　無なの？

「別れた恋人が、今でも自分を好きでいるなんて思うのは男性だけ」みたいなことは、よく聞くので、元カレに対して好きの感情は残っていないというのはわかりますが、〝無〟なんですか？

「男性は一本道を歩いていて、振り返ったら、今までに付き合っていた人がたくさん見えるけど、女性は曲がり道を歩いているので、振り返っても誰も見えない」なんていう驚きのコメントも聞いたことがありますが、後ろでぶっ倒れていても、少しも戻ってこないもんなんですか？

僕は恋愛に疎いのですが、女性の恋愛って、そういうものなんですか？

もう少し話を聞いていたかったのですが、彼女たちは、ひと通り盛り上がり、店を出て行ってしまいました。

僕にも、過去にお付き合いしてきた女性が何人かいます。

一応ですが、僕は元気です。もう興味ないとは思いますが。

祝われるべき新郎がさっきからひとりっきりになっちゃってるよ

結婚式は、新郎新婦が祝われるもので、基本的には、式の間じゅう、二人は忙しくしています。

席を回ってキャンドルを点《つ》け、友達に写真を頼まれては撮り、両親に手紙を読み、合間にお色直しまでもしなくてはいけません。新郎新婦に休む間はなく、常に近くに誰かがいて、なにかをしている印象があります。

先日も結婚式に参列する機会があったのですが、その時も新郎新婦は忙しそうにしていました。

特に新婦のほうは、次々とやってくる大勢の友達や仕事場の方々に囲まれ、笑顔が絶えません。

素晴らしい結婚式だなと思って見ていた僕は、そこであることに気が付きます。

あれ？　新郎がいない。

お色直しかな？

いや、そんなアナウンスは入っていなかったはず。

歓談の時間だから、どこかの席にいるのかな？

席を見渡しますが見当たりません。

トイレかな？

そう思い、入り口付近を見ると、そこにひとりで立っている新郎がいました。主役なのに、祝われるべき存在なのに、ひとりで、特になにをすることもなく立っている新郎がいました。

たまたまです。誰かが意図してとか、誰かの指示でそうなったとかではなく、たまたまひとりの時間が訪れただけです。

だからなにかを思う必要はないのですが、僕にはその姿がとても悲しげに見えました。

その時間、僕もひとりだったので、話しかけることはできたのですが、でも。

初対面ですから。

僕、新婦側の参列者で、新郎とは初対面ですから。

自分の結婚式でひとりになるより、知らない人に話しかけられて気まずくなるほうが嫌だと思うので、結局、話しかけるのは遠慮しておきました。

初合コンで言われた第一印象は「実家の麦茶まずそう」でした

合コンというものに何度か行ったことがあるのですが、いい思い出なんてのはほとんどありません。その中でも一番苦い思い出は、はじめての合コンです。あれは20代になったばかりの頃だったと思います。先輩の芸人さんに誘われて、はじめて合コンというものに行きました。

そもそも、女の子と話すことに慣れていないのに、初対面でお酒を飲みながら盛り上がるなんてことができるのだろうか？

そんな不安を持って臨んだ合コンでしたが、慣れている先輩の芸人さんたちと、ノリのいい女の子たちのおかげで、僕が喋《しゃべ》らずとも、場はとても盛り上がっていました。

「俺らの第一印象、どう？」

先輩の芸人さんが女の子に聞きました。

噂《うわさ》には聞いていたけど、本当にこんな質問あるんだな。僕が感心している中、先輩芸人さんたちは「優しそう」とか「おもしろそう」とか、よくありそうな言葉をもらっています。

そして僕の番がきました。

どんなことを言われるのか？　とドキドキしていた僕ですが、女の子からは、なにも出てきません。それもそうでしょう。別に喋ることもなく、目立つわけでもなく、そこにいるだけの人。そんな人への印象は、「暗そう」とか「つまらなそう」とかになるはずです。ただ、女の子たちも初対面の人に、そこまで言うことはできなかったのでしょう。それで口を閉ざしてしまったのです。

微妙な空気が漂う中、先輩の芸人さんが言いました。

「こいつ、実家の麦茶まずそうじゃない？」

その瞬間、女の子たちは一斉に笑いました。よくありそうな質問への、聞いたことのない答えで、場は盛り上がりを取り戻しました。

微妙な空気を救ってくれた先輩への感謝や、実家の麦茶がまずそうと思われていることへの違和感。それが共感されたことへの切なさ。

僕の感情はぐちゃぐちゃになりました。

全員が2次会に流れて行く中、僕は家路についていきました。

家に帰ったら、麦茶を飲もう。

あと何口飲めばなくなる 思ってた味と違っている缶チューハイ

30代終盤にもなったというのに、甘いお酒が好きです。同年代がビールやハイボールを好んで飲んでいる中、僕はカルピスサワーやピーチウーロンを好んで飲みます。同年代が日本酒の美味《おい》しさに気付いていく中、僕は、まだカルアミミルクを飲んでいます。

若い頃は、よかったんです。

居酒屋でピーチウーロンやカルアミルクを頼むと、周りが「女子かよ！」「可愛いお酒ばっかり飲むなよ！」などとイジってくれて、ひと盛り上がりしていました。

だけど30代にもなって、そういうお酒を頼んでいると「え？ ふざけてんの？」「それボケ？ ならおもしろくないよ」などと言われ、場が変な空気になってしまいます。

なので最近は、人と飲む時は、飲みたくもないビールやハイボールを頼んで飲むようにしています。

一人でお酒を飲むことはあまりないのですが、たまには缶チューハイを買って、嗜《たしな》む程度に飲むこともあります。

その日、コンビニエンスストアに行くと、新発売の缶チューハイが売られていました。

可愛いパッケージで女性が好んで飲みそうな缶チューハイです。

これは甘いに違いない！

今日は、一人で飲むので周りに気を遣う必要はありません。背伸びしてビールやハイボールを飲む必要はありません。僕は嬉々として、その缶チューハイを買い、家で飲みました。

甘い！

けど美味しくありません。全然好きな味ではありません。なんならビールやハイボールよりも、口に合わないような気がします。

缶チューハイを手に持ちます。

重いな、あと何口あんだよ。

この話多分こいつにもうしてる だけど今さら引き返せない

自分の好きな話、得意な話は色々なところで話します。
例えば、自分の身の回りに起こった話。
自分に起こった話でウケそうな話は、色々なところで話します。それでウケようものなら、何度もそのウケを体感したくて、会う人会う人に話します。

例えば雑学。

自分の気に入っている雑学は、色々なところで披露します。そこでいいリアクションをもらえたりなんかすれば、さらに調子に乗り、会う人会う人に話します。

こういうことをしていると、たまにとんでもないミスをすることがあります。

先日、ある人と話している時のこと。

僕はその時「日本ではコンビニの数より美容室の数のほうが多い。その数は約4・5倍」という雑学にハマっていました。

なのでこの人にも、その雑学をぶつけてやろうと思い、切り出しました。

「日本にコンビニって多いけど、それより多いものって知ってる？」

そう聞くと、相手は一瞬〝え？〟という顔をしました。

その〝え？〟はワクワクからくる〝え？〟ではなく、〝え？　その話？〟という〝え？〟でした。その顔はややひきつっています。

その時に僕は気付きました。

この話、多分この人にもうしてる。色んなところで話してるから、誰に話したかわからなくなって二度目をしてしまってる。

僕が冗談で切り抜けようと思い「この話してたかー」と言おうとした一瞬前。

「え？　全然わかんない」

その人は僕のミスを隠そうと、話を聞いたことをなかったことにしてくれようとしています。

相手がそうきてくれたなら、こちらとしては乗っていくしかありません。知らないフリをしてくれているのに、それをぶち壊すなんてナンセンスです。

僕は話を続け、相手はリアクションを取ってくれています。

嘘まみれですが、とても優しい会話です。

話がすべて終わった後、僕は意を決して聞きました。

「この話、したことあるよね」

「うん。てか、それ私が教えた話だわ」

自転車が盗まれ 借りた自転車が一週間後パンクしている

威勢よく大盛りを頼み大盛りの分だけ残して帰って行った

スキップに近い足取り立て替えたお金がさっき戻ってきたぜ

幸せというのは、普通、通常の状態から、なにかがプラスになった時に湧き起こる感情です。だけど、人間というのはおかしなもので、通常の状態がマイナスになり、そのマイナスが通常に戻っただけなのに、そこに幸せを感じることもあります。

その状態を、僕は「脳がバグっている」と勝手に表現しています。

僕は脳がよくバグります。そのバグりの中でも、特にしょぼいものを今日は紹介してみようと思います。


僕が所属する札幌よしもとは、「札幌よしもと」という名前ではあるけれど、札幌以外の仕事も多くあります。北海道にあるよしもとの支社は札幌よしもとだけなので、北海道全域の仕事を受けていて、お祭りでの漫才やテレビのロケなどをさせていただきます。僕らくらいのランクの芸人の仕事は、現場に社員さんが付いてこないことも多々あるので、移動は必然的に芸人だけになります。

その時に、社員さんは決まって言うのです。

「交通費を立て替えておいて」

社員さんは簡単に言いますが、僕らはお金を持ってないことで有名な若手芸人です。その中でもギャラが安いことでお馴染みのよしもと芸人です。ましてや、北海道は広い。電車賃だけでも相当な値段がするのに、そこからタクシーで1時間移動してくださいなどということもあります。

はっきり言って、そんなお金は僕らにはありません。

だけど僕らは仕事をいただくこと、人前に立つことを渇望《かつぼう》している若手芸人なので、そんな素振りは一切見せず、なんとかお金を捻出して、現場に行き、仕事をします。

実はこの時点で、仕事をしているのにお金が減っているという現象が起きています。後日、領収書を社員さんに渡し、立て替えていたお金をもらいます。すると財布の中が一気に華やぎます。幸せな気持ちが湧き上がり、スキップでもしてしまいそうな勢いです。マイナスが通常に戻っただけなのに。脳がバグっているんです。

たかが5分そんな遅刻も7年で8400分6日待ってる

スキンヘッドカメラというお笑いコンビを組んでいて、相方がいます。相方の詳しい情報はネットで検索してもらうとして、とにかく遅刻の多い男です。大きい遅刻は当然気になりますが、それよりも気になるのは、小さい遅刻です。５分程度の遅刻が抜群に多く、多いというよりは、毎回と言っても過言ではないくらいにしてきます。

ある時、僕は相方に、そのことを注意すると、相方は「たかが５分じゃん」と返してきました。

たかが５分とは言いますが、コンビなんてものは二人一組で仕事をします。仕事がなくても、ネタ合わせや打ち合わせなどで、週に５日くらいは会うものです。

１週間で考えてみましょう。５分×５日。僕は１週間で相方を25分待っていることになります。25分はそこそこの遅刻です。

１ヶ月で考えてみましょう。25分×４週間。僕は１ヶ月で相方を１００分待っていることになります。１００分は大遅刻です。

１年で考えてみましょう。１００分×12ヶ月。僕は１年で相方を１２００分待っていることになります。１２００分は約１日です。１日来ないとなると、それは、もう遅刻というよりも欠席です。

僕らはコンビを組んで7年ほどの月日が経ちました。1200分×7年。僕は今までに相方を8400分待っていることになります。8400分は約6日です。6日来ないとなると、もう遅刻というより安否を気遣われるレベルです。たかが5分と言いますが、それでも積もると、すごい数になるという話です。

この文章を読んで「相方に直接言えばいいじゃないか」「自分には関係のない話で、読んで損したよ」と思ったあなた。すいません。でも許してください。だって、たかが5分じゃないですか。

ミッキーの家でミッキーに迎えられおじさんが言う「ご在宅でしたか」

普段はコンビで活動をしていますが、色々な都合から、一人で仕事をするということもあります。

ある日、コンビとして、ディズニーランドでのロケの仕事が入りました。

北海道に住んでいる僕らからすると、ディズニーランドは、なかなか行けない貴重な場所です。しかもそれがロケで行けるとなれば、いやらしい話、自分でお金を払う必要がありません。ディズニーランドに無料で行けて、ギャラももらえる。こんな高待遇はめったになく、絶対にやりたい仕事です。

しかし予算の都合上、コンビのうち一人しか行くことができず、その一人は相方に決まってしまいました。

「なんだよ。絶対、僕のほうがおもしろくできるのに」

そう思いましたが、言葉には出さず、飛行機は相方一人を乗せて飛び立ち、僕は家で留守番になりました。

後日、その模様が流れるということで、僕はテレビを見ていました。

相方がディズニーランドからレポートをしています。

「ちくしょー。そこには僕がいたかもしれないのに」

相方は、まずはミッキーに会いに行こう！　と「ミッキーの家」へと入っていきます。そこでミッキーと会った相方の口から、驚くべき言葉が発せられました。

「わー！　ご在宅でしたか！」

ご在宅でしたか⁉

普通、ミッキーに会った時にするリアクションは「ミッキーだ！」や「会いたかった！」などです。感動で、ただ抱きしめられにいくなどのリアクションもあるでしょう。そこを「ご在宅でしたか！」だと⁉

ミッキーの家に、回覧板でも渡しに来たかのようなテンションです。

僕は思わず、テレビの前で笑ってしまいました。テレビの中では、カメラマンさんやスタッフさんも笑っています。ミッキーも、いつもよりも、笑顔になっているような気がします。「そんなこと言われたことないよー」とすごく楽しんでいるように見えます。

ひと通り笑った後に、ふと思いました。

僕がロケに行っていたら、こんなに笑いを取れていただろうか？　「ご在宅でしたか！」級のおもしろい発言をできていただろうか？
まったくもって自信がありません。
相方が行ってよかった。僕は留守番、それこそご在宅でよかったです。

絶対に見に来てねって誘われた芝居のそいつの出てない時間

役者さんとして活動している知り合いの方が何人かいて、お芝居を見に来ませんか？　と誘っていただくことが結構あります。

大前提は見たいのですが、今月はちょっと金銭的に厳しいんだよなとか、この作品は自分に合わなそうだなといった時は、断りたい気持ちになります。ただ、僕はなかなか断ることができません。

30代後半で何千円の出費が厳しいというのは恥ずかしいことですし、知り合いが一生懸命作っている作品を、合わなそうだなんて言えるわけがありません。これが一回きりの公演ならば、「スケジュールが合わなくて」なんてことも言えるのですが、お芝居の公演は基本的には何日間にもわたって何公演もあるものです。そのスケジュールが全部合わないなんて言おうものなら、こいつ嘘ついてるんじゃないかと思われて、今後の人間関係に影響が出る恐れすらあります。

なので基本的には、僕は誘われれば劇場に足を運びます。

もちろんお芝居を見て、おもしろかったり考えさせられたりと、有意義な時間を過ごすことがほとんどなのですが、たまにわけのわからない作品に出会うこともあります。

これはいったいどんな世界観で、なにを言っているのだろう？　興味を持ってないわけではなく、必死にわかろうとしても、芸術的な側面が強すぎて、意味がわかりません。

それでも、知り合いの方が出演しているシーンの時はいいんです。知っている人が、舞台上でなにかを演じているということだけで、見ていられます。

しんどいのは、その人が出ていないシーンです。知らない人たちがわけのわからない世界観で、意味のわからない会話を続けます。たまに踊ったりもするのですが、なんの踊りなのか？　そもそもなぜ踊っているのか？　台詞《せりふ》は一言も聞き逃していないはずなのに、理解ができません。

いったい僕は時間を割いて、なにを見ているのだろう？

この時間はなんなんだろう？

そんなことを考えているうちに、舞台上は暗転し、客席が明るくなります。

ようやく終わったと思い、席を立とうとしたところで、アナウンスが流れます。

「今から10分間の休憩に入ります」

そうか、まだ続くのか。

後半はたくさん出てくれよ、知り合いさん。

おごるって言ったのはアイスの話で、それチョコレートパフェじゃねーかよ

先日、芸人の仕事でロケに行かせていただきました。
その移動中の車内で、「アイスじゃんけん」をしようという話になりました。
「アイスじゃんけん」とは、じゃんけんをして、負けたひとりが全員分のアイ

スをおごるという、ごくごくシンプルなゲームです。参加者は僕と相方とスタッフさん2人の計4人。

じゃんけんポン！

もちろん僕が負けます。こういうところで負けるのが僕なので、特に驚きはありません。

アイスは1つだいたい150円くらいのものです。4つでも600円。まーまーまーといった感じでアイスを選んでいた僕に、「これで」と相方が差し出してきたものを見て、唖然《あぜん》としました。

相方が差し出してきたのは、パフェタイプのものだったのです。値段は350円です。

「これはアイスじゃなくてパフェだろ！　ダメだダメだ！」

そうすぐに言おうと思ったのですが、驚きと、小さい男だと思われたくないという気持ちが一瞬頭をよぎり、僕はすぐに言葉を発することができませんでした。

今思えば、あそこで声を大にして言っておくべきでした。

なぜなら、それを見ていたスタッフさん2人も「それありなら、それだな」と、僕にパフェタイプのものを渡してきたからです。

もう後戻りはできません。こうなると、僕もパフェタイプのものを買うしかなくなります。僕が安いアイスにしようものなら、スタッフさんたちに「あれ？　お金厳しかったのかな？　悪いことしたかな？」と思われる可能性があるからです。

お会計は１４００円でした。６００円で想定していての１４００円は、財布と心にガツンときます。

そんなことを考えながら食べたパフェの味は、あんまり覚えていません。

ぶつかってきた運転手と二人きりパトカーを待つ同じ方見て

先日、車に轢《ひ》かれました。

轢かれたなんて言うと大袈裟《おおげさ》で、当たられたくらいで、怪我《けが》などはありませんでしたので、心配はいりません。

その時、僕は自転車に乗っていて、交差点で信号が赤から青に変わるのを待っていました。信号は程なくして、青に変わりました。確実に青に変わったんです。僕が自転車をこいで走り出すと、横から車が交差点に進入してきて、僕のほうに向かってきます。車は相当ゆっくりなスピードだったので、避けられると思ったのですが、完全には避けきれず、当たられてしまいました。

運転していたのは70代くらいのおじいさんで、車から出てくると、しきりに僕に謝ってきます。

怪我もないし自転車も特に壊れたところは見当たりません。そのせいか、そのおじいさんは、このまま終わりにできないだろうか？　という雰囲気を前面に出してきます。

僕だって、この後に予定がないわけではないので、時間を取られたくはありません。ただ軽かったとはいえ、事故は事故です。警察に連絡しないわけにはいきません。僕がその旨をおじいさんに伝えると、おじいさんは明らかに嫌な顔になりました。

ちょっと待ってくれよ。おじいさんの不注意じゃないか。なんで僕が悪いみたいになってるんですか？

嫌な顔をされようと、事故として扱ってもらわないわけにはいかないので、僕は警察に電話をかけました。警察の方は、すぐに向かうと言ってくれました。

電話を切り、おじいさんのほうを見るとおじいさんも電話をしています。会話の内容はわかりませんが、頭を下げて相手に謝っているのはわかります。

電話が終わったので、おじいさんに「どうしたんですか？」と聞いてみると、病院の予約の時間に間に合いそうにないので、その時間をずらしてもらったとのことでした。とにかく参ったということを、ひと通り喋った後に、おじいさんはため息をつきました。僕に聞こえるくらいの大きなため息を。

ちょっと待ってくれよ。二度目になりますが、おじいさんの不注意じゃないか。僕に向けてのため息はやめてくれよ。

パトカーは、まだきません。

二人で無言で立ってるのも気まずくなった僕はおじいさんに言いました。

「なんか、すいません」

おじいさんは答えます。

「別にいいよ」

えー!

別にいいよ! 別にいいよ!? こっちこそごめんねとかじゃなくて、別にいいよ!?

話しかけると、より気まずくなりそうなので、僕は話しかけるのをやめることにしました。

パトカーはまだきそうにありません。

曲がりくねった道の先に待ついくつもの小さな光そうATM

絢香さんとコブクロさんが「曲がりくねった道の先に待っている幾つもの小さな光」と歌う「WINDING ROAD」は有名な曲です。しかし曲を全部聴いても、その小さな光がなんなのかは、抽象的でよくわかりません。

ただ、生活の中で、この曲に似ている風景に出くわすことがあります。

それは給料日直後や、連休前の銀行のATMの前です。

そこにはたくさんの人が並んでいて、その人たちを順序よく並ばせるため、通称「ベルト収納式ポールパーテーション」が置かれています。「ベルト収納式ポールパーテーション」はジグザグに動線を作っていて、そこを抜けると何台かのATMにたどり着きます。人が多い時には「ベルト収納式ポールパーテーション」は大活躍です。

しかし、人が多く並ばないような日にも「ベルト収納式ポールパーテーション」が片付けられずに置かれている銀行があります。

置いてあると、そこを通らなくてはいけない気がしてしまいます。なので僕は、誰も使っていないATMを目指し、誰も並んでいないジグザグの道を一人歩きます。

窓口の人に「え？　なんでそこ通ってるの？」という顔で見られていたり「マジメすぎない？」と笑われていたりする可能性もなくはないので、周りは見ずに、まっすぐ前だけを向いて歩きます。

ＡＴＭの前に着くと、２台のＡＴＭには先客がいました。僕が曲がりくねった道を行っている間に「ベルト収納式ポールパーテーション」の道を使わずに直進した人たちが、僕を追い抜いていたようです。

僕は一人、待ちます。銀行のカードを忘れていることを、まだ知らずに。

重箱は馴染みがないからタッパーの隅をつつくようだけどって言う

いい曲が流れそうな雰囲気だけど現実だから決して流れない

柄本明目当てで見始めた連ドラの第一話で死んじゃう柄本明

役者さん目当てで、映画やドラマを見るということがあります。そういう役者さんは、何人かいるのですが、その中でも特に好きなのが柄本明さんです。佇《たたず》まいや雰囲気、喋り口調など、どれをとっても僕の好みで、ストーリーに興味がなくても、柄本明さんが出演しているという理由で、作品を見ることは珍しくありません。

連続ドラマ「それでも、生きてゆく」もその理由で見始めたのですが、冒頭から嫌な予感はしていました。

ドラマが始まって、数分経ったところで、柄本明さんが演じる役の人は倒れてしまい、重い病に冒されていることが発覚します。

どれくらい持つだろうか？　ドラマ終盤まで持ってくれるだろうか？　中盤でいなくなってしまうのだろうか？　まさかの序盤で退場だろうか？

そんな僕の考えは、あっさりと裏切られます。

悪い意味で。

第一話も終わりに近付いたその時。

柄本明さんが演じている役の人が亡くなってしまったのです。

なんてことだ。

まさか、まさか一話も持たないとは。

こんなに早くいなくなるとは。

それでも、生きてゆくんじゃなかったのかよ!


あと十話ほど残っている連続ドラマ。

見ようか見まいかと迷いはしたのですが、せっかく見始めたドラマなので、最後まで見ることにしました。

回想シーンなどで柄本明さんが出てくるかも。

そんな僕の淡い期待は叶《かな》うことなく、そのドラマは終わっていきました。

「了解です！ よきタイミングで出ていきます！」井戸の底から貞子の返事

ホラーや心霊関係のものが、とても苦手です。怖い話を聞けば人一倍驚きますし、ホラー映画を見る人の気がしれません。

昔、女の子とお化け屋敷に入ることになった時、入り口をくぐったところで、どうしても怖くて、引き返してきたことがあります。出口で、女の子が出てくるのを待っていたこともあります。それくらいに怖いものが苦手です。

その中でも衝撃的に怖かったのが映画「リング」です。貞子が井戸から出てきて、テレビからも出てくる、あのシーンはあまりにも有名です。

中学生くらいの時に、そのシーンをたまたまテレビで見てしまい、貞子がテレビの中のテレビから出てきた時、僕は茶の間で、座ったまま後ずさりをしていました。

まるで自分の家のテレビから、貞子が出てきたくらいの感じで後ずさりをしてしまいました。

それくらいにあのシーンは、僕に強烈なインパクトを残し、その後もトラウマのように、長い間、僕の頭に残り続けました。

しかし、最近はあのシーンを見ても、まったく怖くありません。

もちろん何度も見る機会があったのでシーンに慣れた、というのもあると思うのですが、それ以上の理由があります。

それは撮影で貞子が「お願いします！」などと、井戸の中から言っている光景を想像できるようになったからです。

中学生の頃は決して想像できなかった映画の撮影風景が、大人になって容易に想像できるようになったからです。

「もう一回！　もっと怖く！」「すみません！」

という、貞子が監督に指導されているシーンまで勝手に想像してしまうと、もうまったく怖くありません。

貞子克服です！

かといって、怖いもの全般を克服したかと言われれば、そんなことはまったくありません。

ホラー映画は相変わらず見たくないし、お化け屋敷も行きたくありません。

そういえば、例のお化け屋敷の女の子とは、あれ以来会うことはありませんでした。

全米は君のことでは泣かないが僕が全米分泣いてやる

「全米が泣いた」という、映画のキャッチコピーがあります。あまりにも有名で知らない人はいないほどです。僕はこのキャッチコピーを聞くたびに、思います。

「全米は言いすぎだろ」と。

全米ということは、全米です。すべてのアメリカに住んでいる人ということになります。1本の映画を、アメリカに住んでいるすべての人が見るという状況はありえません。そこは百歩譲って、見た人だけに限ったとしても、その人たちが全員泣くという状況は、なかなか考えにくいものです。

細かすぎ、考えすぎと言われれば、それまでですが、個人的にはそういう理由から、このキャッチコピーには、あまり乗ることができません。

ただ僕は、全米分、泣いてやろう！　という気持ちは常に持っています。

大切な人がつらい目に遭った時。大事な人が悲しんでいる時。

その人の気持ちを考えて泣いてあげたい。その人の気持ちを誰よりもわかって、なんならその人よりも泣いてあげたい。

物理的には無理だとしても、全米分の涙を流すくらいの勢いで、気持ちを共有してあげたい。

大切な人には、そういう気持ちで接したいと常々思っています。

しかし、思っているだけで、いまだに実行に移せた経験はありません。
なぜなら、そういう存在の人が、なかなか見つからないからです。

とりあえず頷いてるが僕バック・トゥ・ザ・フューチャー見たことがない

　映画を多く見ているほうではありません。特に誰もが見ていると言われる有名な映画をあまり見ていません。「タイタニック」を見ていませんし「ハリー・ポッター」も見ていません。「アベンジャーズ」には強い奴がいっぱい出てくることを知っていますし、「Ｅ.Ｔ.」はヨボヨボの地球外生命体と仲良く自転車に乗ることを知っています。「ハウルの動く城」は城が動くことは知っています。だけど、どの映画も見ていません。

その日は、知り合い何人かと話していて、「バック・トゥ・ザ・フューチャー」の話になりました。もちろん見ていません。しかし「バック・トゥ・ザ・フューチャー」は、誰もが見ていると言われる有名な映画に入るので、見ていないなんてことは言えません。そんなことがバレれば「ものを作る者として、こんな有名なものを見てないのはいかがなものか。一般的に見ていないとおかしい」、果ては、「人としてありえない」的なことを言われる恐れすらあります。

なので僕は、さも見ているかのような素振りで、その場を過ごしていました。

感動的なシーンの話では頷き、モノマネが出れば笑顔になり……と、うまくやり過ごしていたのですが、そこに恐ろしい質問が飛んできました。

「どのシーンが好きだった？」

もちろん見ていないので、好きなシーンなんてありません。適当に答えて墓穴を掘ってしまっては、元も子もありません。そう考え、僕はなにも答えられませんでした。結果、「バック・トゥ・ザ・フューチャー」を見ていないことがバレてしまいました。

「まじ？」「なんで見てないの？」「考えられない」ここからは、おそらく非難囂々《ごうごう》の時間です。

見てはいませんが「バック・トゥ・ザ・フューチャー」には、タイムマシンが出てくることは知っています。もしタイムマシンがあるなら「バック・トゥ・ザ・フューチャー」の話題になる前に戻りたい。そこで「見ていない」と、正直に言いたいのです。

非通知の着信がきて受けられず誰からかわからないまま死ぬ

本屋さんに行った時に、よく思うことがあります。僕はここにあるほとんどの本を読まないのだと。世の中にあるほとんどの本を読まずに死んでいくのだと。

そう思うと、なぜか恐ろしい気分になります。

人が多いところに行っても、そんなことを思います。僕はこの人たちのことをまったく知らないのだと。知らないままで終わっていくのだと。なんなら、世の中のほとんどの人には会うこともなく終わっていきます。

そんなことが怖くなった時期もありましたが、これはどうすることもできません。

知って知って知ろうとしたところで限界はありますし、世の中のすべてを知るなんてのは、限られた人生では不可能なことです。

なので僕は、せめて自分の周りのことくらいは、すべて知りたいと思って生活をしています。

自分の考えたことの意味。自分のした行動の理由。自分に関わる人の気持ち。などなど、せめて自分の周りくらいは、すべて知って生活をしたいと心がけています。

何日か前、僕の携帯電話に着信が残っていました。非通知です。

誰からの電話だろうか？　なんの電話だろうか？
ずっと気にしていますが、その電話はいまだに、かけ直された形跡がありません。
おそらく僕は、この相手が誰かわからないまま死んでいくのでしょう。

「またムール貝ですか？」ってまたムール貝頼んだらダメなんですか？

人と居酒屋に行った時に「食事、適当に頼んどいて」と言われることが、よくあります。これが、とても困ります。

何度か一緒に食事をしたことがある人なら、今までの経験があるので、それをもとに組み立てることもできますが、はじめての人の場合は、相当困ります。

どんなものがいいかを聞こうと思っても、すでに僕以外の人同士で話は盛り上がっていますし、そもそも頼まれたのに相談するのはいかがなものかと思い、聞くことはできません。

そしてなにより、そういったセンスが、僕にはまったくありません。

なので、注文の品が来たところで「ちょっと揚げ物が多いな」とか「そもそも品数少ないな」などということもしばしば。失敗は数え切れないほどにしてきました。


その日は珍しくうまくいっていました。

適当にと言われ、僕が頭を悩ませて頼んだ注文は的を射ていたらしく、みんなの食事は進んでいます。特に【ムール貝のワイン蒸し】の評判がよく、口々に美味しいと言う声が聞こえてきます。

ホッとしたのも束《つか》の間、また僕に指令が飛んできます。

「追加でなにか頼んで」

今までは失敗も多く、二度目の注文を任された覚えはあまりありませんが、一度目がうまくいくと、二度目を任されることもあるのか。なるほど。

新鮮な思いを持ちながら、僕は店員さんを呼び、注文をします。ひと通り、注文を終えた後に、テーブルを見ると【ムール貝のワイン蒸し】の皿には、もう殻しか残っていません。これはと思った僕は、最後に店員さんに【ムール貝のワイン蒸し】を注文しました。

すると、店員さんは言いました。

「またムール貝ですか？」

え？　僕は耳を疑いました。

「またムール貝ですか？」

半笑いで店員さんが言っています。

店員さんから、そんなこと言われることあるんですか？　いいじゃないですか、好きなものを頼んで。しかもこのメニューはこの席では大人気なんです。

これを頼んでおけば間違いないんですよ！

僕は店員さんに「はい」と伝え、【ムール貝のワイン蒸し】が来るのを、今か今かと待ちました。みんなが喜んでくれる顔を想像しながら、センスがあると讃《たた》えられるのを想像しながら。

この時の僕は【ムール貝のワイン蒸し】が来た時に、席の全員から「またムール貝？」と言われることを、まだ知らないのです。

たとえればコンビニのレジの奥にあるお菓子くらいの存在感だ

一人の時のひとりぼっちというのは、実はそんなにつらくなくて、本当につらいのは大勢がいる時のひとりぼっちだと思っています。

例えば、飲み会の席。

最初は大勢で喋っているのが、徐々に個別のグループになっていきます。そういう時に、僕は喋る人がいなくて、ひとりぼっちになってしまうことが、よくあります。

トイレから帰ってきたら、何個かのグループができあがっていて、空いている人は一人もいません。どこかのグループに自然に入ろうかとも思いますが、そのせいで、もしそのグループの空気を壊してしまったら、などと考えてしまい入ることができません。ひとりぼっちになっていることが誰かにバレて、気を遣わせてしまっても悪いので、もう一度行きたくもないトイレに行き、機をうかがいます。

例えば、何人かでの打ち合わせが終わった後の雑談。

自分だけが話の輪に入っていないことが、結構あります。僕がわからない特殊な話をしてるわけでもなく、もちろんあちらサイドに悪意はありません。だけど、なぜか僕だけ入っていない、入れていないということが、結構あります。帰ろうかとも考えますが、挨拶もしにくいくらいに盛り上がっているので、用もなくスマートフォンをいじり、機をうかがいます。

　こういうことが、よくあります。


　先日、コンビニでレジを待っている時に、なぜかいつもは気にならない、レジの後ろに置いてあるお菓子が気になりました。煎餅やクッキー、水ようかんなどが詰め合わせで入っているあれです。

　あいつは僕に似ている。

　あいつがコンビニにあることは、ほとんどの人が知っています。だけど、買っている人は見たことがありません。しかしいつまでも、あのラインナップがなくならないということは、需要はあるのでしょう。

　その場に僕がいることは、ほとんどの人が知っています。だけど、僕と喋っている人はいません。しかし、その場に呼ばれるということは、需要はあるのでしょう。

そんなことを考えていると、レジは自分の番になりました。

自分を救うために、あのお菓子の詰め合わせを買おうかとも一瞬思いましたが、値段を見てやめました。

だって、このお金があれば、1回飲み会に行けるじゃないか。

「なにおっさんキモいんだけど」がお似合いの歳だね 誕生日おめでとう

誕生日を祝われるということは、基本的には喜ばしいものです。年齢を重ねると「もう喜べる歳じゃないから」なんて言う人がいますが、たいてい言葉とは裏腹に、満面の笑みを浮かべているので、きっと喜んでいるのでしょう。

しかし、そんな楽しい誕生日にも少しの不幸が訪れることがあります。

これは僕の今年の誕生日のこと。0時を回ってすぐに、知り合いの方が「誕生日おめでとう！」とLINEをくれました。0時を回ってすぐにくるなんて、こんなに喜ばしいことはありません。「ありがとうございます！」と返すと、すぐに「もうすっかりおじさんですね」と返ってきました。37歳。たしかに、世間的にはおじさんの領域に入っているのかもしれません。しかし僕は、20代の頃から、思考、立場、収入、生活などに劇的な変化がないことが影響してるのか、まったくおじさんの自覚がありません。まだまだ若いというより、まだまだ子どもという感じです。そんなようなことを返信すると、またすぐに返信がありました。

「おっさんキモいね！　とか言われないように気を付けなよ」

ん？

これはどういう意味でしょうか？　普通に考えれば忠告です。「自覚がなくても、世間的にはおじさんなんだから、おじさん的行動で、若い人に引かれないように気を付けなよ」というユニーク混じりの忠告のはずです。

そう思って間違いはないはずなのですが、僕は瞬間、別の可能性も考えてしまいました。

それは「おじさんの自覚ないのやばいよ。まだ子どもだと思ってるのやばいよ。だいたい20代の頃から、立場とか生活が変わってないの、本当にやばいよ。そういうことを別の人に言ったら、絶対にキモいって思われるから気を付けな」を要約した「おっさんキモいね！　とか言われないように気を付けなよ」なのではないかと。その人の気持ちがガンガンに裏に入っているのではないかと思ってしまったのです。

別に意地の悪い人ではないので、その可能性は低いのですが、瞬間的に思ってしまったことは、頭から消えてはくれません。「そういう意味で言ったの？」などと聞いて「そうだよ」と返ってくれば落ち込むし、「は？　考えすぎだよ」と返ってくれば、それはこじれたも同然なので、やっぱり聞くことはできません。

そもそも、その人がどういう意味でその言葉を言ったのかなんてどうでもよく、今の僕の状況がキモいことに変わりはないのでは、とすら思ってしまいます。

楽しいはずの誕生日は、0時から、たった5分経ったところで、少し暗いものになりました。

死にたいと呟くあいつの腸にまで生きて届いているビフィズス菌

「死にたい」が口癖になってしまっている人を、たまに見ます。

ちょっと嫌なことがあると「死にたい」。少し思い通りにいかなかっただけで「死にたい」。

本当に死にたいという気持ちからではなく、音として「死にたい」という言葉を使ってしまっている人がいます。もっとひどいのになると、なぜその状況で「死にたい」って言えるの？　というものまであります。

この前、知り合いの方と一緒に食事をしている時、彼は恋愛の話をしはじめました。「今、何人かの女性に言い寄られて困っている」と、とても困っているとは思えない顔で話しています。「誰も傷つけたくない。でもこのままでもいけない。どうしよう」ということを延々と話しているので、僕は話半分に聞いていました。話の最後に、彼は呟《つぶや》くように言いました。

「死にたい」

嘘だろ。どこに死にたい要素があるんだよ！　むしろ幸せじゃないか！

そう彼に言おうと思った矢先、彼はデザートのヨーグルトを口にしました。

ヨーグルトにはビフィズス菌が入っていて、そのビフィズス菌の中には生きて腸まで届くものがあるというのは、有名な話です。

仮にも「死にたい」と口にしている人が、その口からビフィズス菌を摂取して、それが生きて腸まで届く。なんともこんがらがった状況に、僕は笑ってしまいました。

彼は不思議そうに、僕を見ています。

今のところ、僕は死にたいと思うことはありません。小さな不幸はたくさん、大きな嫌なことも、たまにはありますが、幸いにして死にたいとまで思ったことはありません。

でもいつか、そう思ってしまう時がきたら、彼のヨーグルト事件を思い出そう。

きっと、少し笑えるはずなんです。

写ルンですあるんですけど撮るものがないんです撮る人いないいんです

先日、部屋の掃除をしていると「写ルンです」が出てきました。「写ルンです」は、使い捨てカメラです。

30年以上前に発売されたものですが、再ブームが来たこともあり、若い人でも知っている人が多いと思います。

スマートフォンが普及して、気軽に写真を撮れるようになったので、今は失敗をしても何度も撮り直しができます。しかし「写ルンです」は撮れる枚数が決まっているので、笑顔がうまくいってなかろうと、目を瞑《つむ》ってしまおうと、シャッターを押せる回数は決まっています。しかも、フィルムを現像して、写真ができあがるまで、完成形はわかりません。

その「写ルンです」が部屋から出てきました。27枚撮りで、残りはあと3枚という状態の「写ルンです」です。相当に古いものなので、24枚になにが写っているのかは覚えていません。

ものすごく興味があるので、現像をしに行こうと思ったのですが、残りを撮らないのはもったいないことです。

3枚の写真を撮ろうと思い立った僕は、その日から「写ルンです」を持ち歩くことにしました。しかし、いざ写真を撮ろうと思うと、撮るべきものがありません。

昼食。写真に残しとくほどのものか？

人。今日は特に誰にも会わなかった。

風景。雨じゃないか。

スマートフォンの写真なら、失敗してもすぐに消せるので、いくらでも撮れるのですが、残り３枚しか撮れないとなると、なかなかシャッターを押せません。なんでもいいとなると、逆になにを撮っていいのかがわかりません。これは！　と思うものなんて、実はお前の生活の中にはないのだと「写ルンです」に言われているようで焦ります。

「写ルンです」を持ち歩きはじめて、早１ヶ月。シャッターは一度も押されず「写ルンです」は、まだあと３枚撮れる状態で残っています。

窓の外にラジオ体操はじまってダビスタの馬は20連勝

ゲームはしません。携帯ゲームもテレビゲームもほとんどしません。昔はしていたのですが、ある日を境にゲームをやめました。

その日のことは、今もはっきりと覚えています。

あれは20代前半の頃。すでに芸人として活動していたものの、仕事はほとんどありませんでした。朝まで起きていて、日中に寝て、夕方頃起き出す。そしてまた深夜に活動して、日が昇る頃に眠りにつく。そんな生活をしていました。

その頃にハマっていたのが「ダービースタリオン」というテレビゲームです。競走馬を育てて、レースに使い、より強い馬を作っていくというゲームです。競馬好きの僕は、このゲームにハマり、深夜から朝まで、よくこのゲームをしていました。

しかし、ゲームのセンスがない僕には、なかなか強い馬を育てられません。大きいレースに勝つどころか、小さいレースでも勝てない馬ばかりができてしまい、苦戦を強いられていました。

そんなことを繰り返した、何回目、いや、何十回目の深夜だったでしょう。なにがきっかけかはわかりませんが、僕のもとにとても強い馬が現れました。その馬はレースに出るたびに圧勝を繰り返し、勝ち進んでいきます。

次に勝てば20連勝というレース。ここも間違いなく勝つだろうという思いで、レースを見ている最中。窓の外からある音が聞こえてきました。「ラジオ体操」の音楽です。「新しい朝がきた」というあれです。

おそらくこの「ラジオ体操」の音楽は毎日鳴っていたのでしょう。しかし今までは、ゲームに夢中で聞こえていなかったのだと思います。なぜその日に聞こえたのかはわかりませんが、僕はその状況をとても怖く思いました。

新しい朝を迎えるみなさんと、これから一日を終える僕。

社会のために動き出す人たちと、自分のために眠り出す僕。

テレビ画面の中では、僕が作った馬が圧勝しています。20連勝です。

このままじゃダメになる。

僕は、ゲーム機の電源を落とし、決めました。

もうゲームはやめよう。そして、明日はラジオ体操に行こう！

あれからゲームはやっていません。ラジオ体操にも一度も行っていません。

旧作のＤＶＤにサミュエル・Ｌ・ジャクソンが叫んだままの永遠

アマゾンプライムやらネットフリックスやら、ネット一発で自宅で映画を見るのが主流の時代。にもかかわらず、ネットに疎い僕は、いまだにレンタルＤＶＤで映画を見ることがほとんどです。

その日もＤＶＤを借りてきて、自宅のプレイヤーに入れ、映画を見ていました。

中盤、徐々に展開していく物語。最初はスマートフォンなどに気を取られながら、なんとなく見ていた僕も、いつのまにか映画に夢中になっていました。

画面から目が離せなくなっていた、その時。

画面はコマ切れになり、台詞も飛び飛びに。最終的には止まってしまいました。

何度か巻き戻しをして、見られないものかと試みるも、映画は必ず同じシーン、サミュエル・Ｌ・ジャクソンが叫んだところで止まってしまいます。

レンタルＤＶＤは１枚のディスクがたくさんの人の手に渡ります。その間にディスクに傷がつき、こういうことも起こりえるのです。しかもたった１００円程度で借りられるので、誰もお店に、そのことで文句を言うこともないのでしょう。もちろん僕も文句を言うことなく、そのままＤＶＤを返却しました。なので今もあのＤＶＤは、おそらく、サミュエル・Ｌ・ジャクソンが叫んだところで止まったまんまです。

アマゾンプライムやらネットフリックスなら、こんなことないんだろうな。いいなー。

連ドラが菅田将暉のアップで終わりCMが菅田将暉ではじまる

その日僕は、菅田将暉《すだまさき》さん主演の連続ドラマを見ていました。「3年A組－今から皆さんは、人質です－」という、菅田将暉さん演じる高校教師が生徒たちを監禁して、謎の行動を繰り返す学園ドラマです。自殺や現代のSNSのあり方などもテーマになっていて、とてもシリアスな内容です。

その回は物語も終盤で、菅田将暉さんの熱の入った演技が続いていました。生徒を演じる俳優さんたちの涙は、もはや本物の涙にしか見えず、僕もグイグイと物語に引き込まれていました。

ドラマは菅田将暉さんの険《けわ》しい顔のアップからCMに入ります。

そのCMは携帯電話のCMで、色々な俳優さんが昔話のキャラクターをコミカルに演じる設定です。そこに、鬼に扮した菅田将暉さんが出てきました。

菅田将暉さんは、コミカルに鬼を演じ、周りからは「鬼ちゃん」と呼ばれています。

CMの間、僕はコミカルもシリアスも完璧に演じられるなんて、本当にすごいなと感心していました。

CMが明けて、連続ドラマの続きがはじまります。

菅田将暉さんはなおも険しい顔で、生徒たちに言葉を投げかけています。しかし、鬼ちゃんが頭をかすめてドラマに集中できません。

自殺やＳＮＳの怖さなどを、怒号や涙も交えながら語っています。しかしなおも、鬼ちゃんが頭から離れてくれません。

生徒たちが涙ながらに聞いています。その顔が桃太郎を演じる松田翔太さんや、金太郎を演じる濱田《はまだ》岳《がく》さんに見えてきます。

これはもうダメだ。集中できなくなった僕は、テレビを消しました。

するとテレビの黒い画面には、教師を演じる菅田将暉さんに負けないくらい険しい顔の僕が映っていました。

このバッターはアイドルと婚約したので三振をしてほしいもんだな

プロ野球をたまに見ます。好きな球団があるわけではなく、特別応援している選手がいるということもないのですが、テレビで放送されていると見ることがあります。

その日も、特にどちらのチームを応援するわけでもなく、試合の行方を眺めていました。

そこで、ある選手がバッターボックスに向かう様子が流れました。プロ野球に詳しくない僕でも知っている有名な選手です。有名な理由は、先日あるアイドルと婚約したということで話題になったからです。

野球もできてアイドルと婚約するなんてできすぎだろ、だなんて思いません。むしろ、野球で結果を残すために努力ができる人だから、アイドルとも婚約できた。僕はそんなふうに思います。それは彼自身が摑み取ったものなので、そこに僻《ひが》みや妬みは一切ありません。

頭では絶対的にそう思っているんですが、心はそうはいかないようで、僕は一瞬思ってしまいました。

三振してくれないかな。

とても醜く、情けない思いであることはわかっています。しかし、一度思ってしまったそれは心の中で、みるみる大きくなっていきます。

気が付くと僕は、ピッチャーを応援していました。

野球を見はじめて長い年月が経ちますが、どちらかのチームを応援して試合を見るのははじめてかもしれません。

ワンボールツーストライク。ピッチャーが有利と言われるカウントです。次の球で空振りを取れば、三振です。

ピッチャーが球を離した瞬間、僕は思わず声を出していました。

「三振!」

その球を彼は、しっかりと捉え、快音が鳴り、歓声が上がります。

白球はどこまでも、飛んでいきそうな勢いです。

運命の人じゃなくていい少しずつ運命の人になっていくから

あれは、僕が中学生の頃です。

松田聖子さんが、「出会った瞬間にビビビときた」と言って、交際わずか2ヶ月の方と結婚をしました。テレビをつけると色んな番組で「松田聖子さんは運命の人と出会ったのだ」と結婚を祝福していました。今の自分には、まったくわからない気持ちだけれど、大人になれば、はじめて会った人に、ビビビとくるような運命的な出会いをすることもあるのだろう。

中学生の僕は、そんなことを思っていました。

月日は過ぎて、僕も大人になり、先日、松田聖子さんがビビビときた年齢を超えました。少ないけれど恋もしてきたし、中学生の頃とは比べ物にならないくらいの人と出会ってきました。だけど、ビビビときたことは一度もありません。出会いはいつも平凡で、シングルカットされるような劇的な瞬間なんて、ひとつもなかったのです。

僕には運命の人はいないのだろうか？　そう思ったこともありましたが、でも、付き合いを続けていくうちに、この人とは一生付き合うんだろうなという人には、僕も出会ってきました。それは男女の付き合いだけに限りません。仕事や友人関係なども含め、何人かの方は、僕が勝手にそう思っています。

なので僕は思います。元々、運命の人なんていないんじゃないかって。月日が、その人を運命の人にしていくんじゃないかって。そして、それは一人とは限らないんじゃないかって。

松田聖子さんは違うって言うかもしれないけれど、僕はこの考えを思い付いた時、ビビビときたんですよ。

趣味　君のＬＩＮＥを見返すこと　特技　君から返事が届かないこと

趣味はいくつか持っています。

例えば競馬。小学校の高学年の頃から好きで、未成年の頃は馬券を買わずにレースを楽しみ、20歳を過ぎてからは、馬券を買ってレースを楽しんでいます。

20年以上もその熱量は変わらず、ずっと好きで、唯一、変わったところは、レース後に財布がやけに軽くなることくらいです。

例えば読書。現実で嫌なことがあった時などは、本の世界に浸かり、新たな気持ちになって、また現実に戻ってくる。生きていく上で、なくてはならない趣味といっても過言ではないかもしれません。

その他にも色々と趣味はありますが、恋をしている時だけの趣味、というのもあります。

それは、相手からのLINEを見返すというものです。

好きな人から届く文字には、他の人からの文字にはない輝きがあります。ただの「おはよう」や「ありがとう」の文字さえも、キラキラと光って見えて、何度も見返したくなります。

気持ちの悪い話かもしれませんが、そういったことは確実にあります。

一方で、特技はひとつもありません。

好きなものはあれど、人より秀でていたり、人に誇れるものはなにもなく、いつも特技を聞かれた時に困ってしまいます。

しかしそんな僕にも、恋をしている時だけは、特技があります。

それは、相手から返事が届かないというものです。

いい感じでLINEのラリーが続いていたのに、急に届かなくなる。?マークを付けた瞬間になぜか届かなくなる。僕が一通目を送っただけで、あちらからは一通も届かない。

返事が届かないパターンはいくつも存在し、僕を飽きさせてはくれません。

返事をくれない相手に、もう一度LINEを送るほどの度胸はありません。

だけど気にしないで生活するなんてことも不可能です。

なので僕はまた、あの趣味をしてしまうのです。

君が好き剛力彩芽よりも好き剛力彩芽はその次に好き

昔、いい感じになりそうな女の子と話している時「好きな芸能人」の話になりました。その子は、あるアイドルグループのメンバーの一人が大好きなのだと、目をキラキラさせながら、その方のことを熱弁します。なにがよくて、なにがすごくて、どこが好きなのかを、身振り手振りも交えながら、流暢《りゅうちょう》な喋りで、事細かく説明してくれました。あまりの熱量に、その熱は覚えていますが、そのメンバーが誰だったのかは忘れてしまったほどです。

彼女の話がひと通り終わった後、彼女は僕に好きな芸能人を聞いてきました。彼女ほど、熱を持って話せる存在は僕にはいませんが、当時、剛力彩芽《ごうりきあやめ》さんが好きだったので、僕は剛力彩芽さんの名前を挙げました。そして彼女の熱には到底及びませんが、剛力彩芽さんのよさを話しはじめました。

序盤からおかしな空気は感じていました。僕が剛力彩芽さんの話をし出した時から、彼女のキラキラしていた目に少しずつ怒りが浮かんでいたのを、僕は感じていました。

「なんでそんなに他の人の話をするの？」

彼女の目は、そう言っていて、実際にそれに近いことを言われた記憶があります。

ちょっと待ってくださいよ。僕は聞かれたから話をしたんです。なのになんですか、このトラップは！　むしろ、熱量を合わせるために好き度を盛って話してるくらいなんです。それがこんな展開になるなんて。

「ファンの〝好き〟じゃないみたいな喋り方だし」

ちょっと待ってくださいよ。そこの塩梅《あんばい》、全然わかりませんし、喋り方でいうなら圧倒的に君の勝ちじゃないか。僕の好きがファンの好き以上の好きなら、君の好きはもう恋愛がはじまっていますくらいの好きだったじゃないか。

しかし、不機嫌になった人に対して正論は意味がないことを知っているので、僕はなにも口に出さずに、ただ謝りました。

その子とは、この「剛力彩芽事件」とは関係なしに疎遠になってしまいましたが、この経験は、今も生きています。

僕はいい感じになりそうな女の子に、好きな芸能人を聞かれても、はぐらかしたり、渋めの男性俳優さんを挙げてみたりと、決して女性芸能人の名前を挙げることはしないようにしています。だけど、どうしても言わなきゃいけなくなった時には、剛力彩芽さんの名前を挙げて、その後に「君のほうが好きだけどね」と言えるように準備はしています。こんなドラマみたいな言葉、実際に言えるかどうかは別として、準備はしっかりとしています。

クリスマスケーキを買うの忘れててエスカレーターで蹴られ続ける

10年以上前のクリスマスの話。

その日僕は、当時付き合っていた彼女に「クリスマスケーキを買ってきて」と頼まれていました。僕がクリスマスケーキを買って、街中で彼女と合流するという予定でした。

言われた通りにクリスマスケーキを買おうと、デパ地下に行った僕は、そこで驚愕の光景を目にします。

人人人人と人が溢《あふ》れ、ケーキ屋さんの前には長蛇の列ができています。空いている店を探そうとデパ地下を歩きますが、そんな店は一店舗もなく、そもそも人が多すぎて、ただ歩くだけでも時間がかかります。

今の僕ならば、もちろん並んで買います。いくら待とうと時間を惜しまず、並んでケーキを買います。普通の人はそうでしょう。

しかし当時の僕はなぜか、クリスマスにクリスマスケーキを食べるなんてありきたりすぎるじゃん。そんなことしなくていいじゃん。というわけのわからない思考に至り、クリスマスケーキを買わないという選択肢を選びました。クリスマスケーキを頼まれていたのに、です。

彼女との待ち合わせ場所に行くと、彼女はクリスマスの高揚感もあり、笑顔で僕を迎えてくれました。

彼女は、手になにも持っていない僕に聞きます。

「あれ？　ケーキは？」

僕はデパ地下の現実と、わけのわからない思考を、彼女に包み隠さず話します。

彼女の顔はどんどんと曇っていき、僕が喋り終えた後には怒りと呆れの、クリスマスにはどう考えても似合わない表情になっていました。

待ち合わせ場所は8階でした。僕と彼女はエスカレーターで下りていきます。

8階から7階に下りる間、僕は後ろから彼女にお尻を蹴られ続けました。7階から6階に下りる間も、僕は後ろから彼女にお尻を蹴られ続けていました。6階から5階も。5階から4階も。強くも弱くもない一定のリズムのその蹴りは、僕らが1階に下りるまで続きました。

あれから10年以上の月日が経ちましたが、クリスマスが来るたびに、お尻が少しだけ痛みます。

君と見たキリンを忘れる見たことも忘れる君のことも忘れる

「人は悲しいぐらい忘れてゆく生きもの」という歌詞を聴いたことがあります。歌っていたのは誰だったでしょうか？

例えば僕は、キリンを見たことがあります。動物園で何度も見たことがあります。

だけど、一頭一頭を覚えているわけではありません。ただキリンという動物として認識しているだけで、個々のキリンを認識しているわけではありません。

キリンは何度も見たことがありますが、何度見たかは正確には覚えていません。

なので、見たけどもう記憶には残っていないというキリンも、多くいます。

キリンを誰と一緒に見たかということを、すべて覚えているわけでもありません。

あの人とは見た覚えがある。

あの人とは動物園に行った記憶があるから、おそらく見ている。

あの人とは見ただろうか？

記憶は曖昧で、それも時間が経つごとに、どんどん不透明になっていきます。

誰と見たのかを思い出したい。

キリン一頭一頭を思い出すのは不可能としても、横にいた人の顔くらい、すべて思い出したい。そうじゃないと、僕らがキリンを見たこと自体がないことになっちゃうじゃないか。それはとても悲しいことじゃないか。

そう頭を振り絞っていると、ひとつ思い出したことがありました。

「人は悲しいぐらい忘れてゆく生きもの」と歌っていたのは、Mr.Childrenだ。

歯磨きのリズムキモいと言われてる同棲3日目の夜のこと

35歳を超えて、はじめて彼女との同棲《どうせい》というものを経験しました。楽しみな気持ちもありましたが、それ以上に、人と生活することへの不安のほうが大きくありました。

実家を出たことのない僕は、家ではかなり自由奔放な生活をしてきました。靴は脱ぎっぱなしで揃えない。食器は食べっぱなしで洗わない。布団は敷きっぱなしで畳まない。などなど。すべて母親がやってくれることに甘えて、家のことはほぼなにもせずに生活をしてきました。

しかし他人との生活で、そんなことが許されるわけがありません。そんなことをしていたら「私はあなたのお母さんじゃないから」的なことを言われるのは必至です。

なので同棲初日から、行動のひとつひとつを丁寧に、相手に不快な気持ちを与えないように、そう心がけて生活していました。

その成果か、大きな問題も起こらずに迎えた同棲3日目の夜。

僕が歯を磨いていると彼女は言いました。

「歯磨きのリズムキモいね」

ん？

歯磨きのリズムがキモい？

どういうことでしょう？

自分では普通に歯磨きをしていただけです。そもそも歯磨きにリズムがあるなんてことは考えたことがありません。考えたこともないので、まさかそれを指摘されるなんて青天の霹靂《へきれき》です。

歯磨きの動きを止めた僕を見て、彼女はクスクスと笑っています。

不快感を与えていたわけではなさそうなので、とりあえずは安心しました。

しかし今後、この歯磨きのリズムが諍《いさか》いを起こさないとは限りません。

最初は笑っていたけれど、聞けば聞くほどにムカついてきた、日に日に癪《しゃく》に障るようになってきたなんてことが起こる可能性は大いにあります。

なので、同棲4日目から僕は、洗面所のドアを丁寧に閉めてから、歯磨きをするようにしています。

流れ星 アジサイ 希望 あの子の手 液晶にないものばかり好き

ちょい待ってあなたが好きですあなたからもらった電話で恐縮ですが

嘘だろう恋してるのか？　飛ぶ水の一滴が君に見えただなんて

君のこと考えないのは納豆をかき混ぜている時くらいです

肌美人スーパーは９００円で肌美人プレミアムは１０００円

街中で証明写真機を見かけることは少なくありません。文字通り、証明写真を撮る機械で、８００円くらいが相場です。色々なものが低価格になっていくこの時代に、変わらない値段でやっている、やれていることに、すごさを感じます。

昔、アルバイトの面接を受けるため、履歴書に証明写真を貼らなければいけなかったので、僕は撮影をするために、あの個室に入りました。

いざ撮影をしようと思った時に、値段表が目に入ってきました。その値段表には通常料金800円と書かれていました。そして、その下には、こう書かれています。

肌美人スーパー900円。

コンビニのアルバイトに肌美人が必要かどうかはわかりませんが、肌が美人であるに越したことはないはずです。しかし、肌美人にするには100円多く払わなければならず、しかも肌美人にしたところで、どこまでの効果があるかはわかりません。

とても迷いましたが、ここでケチっても仕方がないのではないかという結論に至り、僕は肌美人スーパーのボタンを押しかけました。

しかし、その時、僕はその下に、新たなモードを見つけてしまいました。


肌美人プレミアム１０００円。


スーパーとプレミアムの違いがわからないので、この１００円が高いのか安いのかが、まったくわかりません。写真で１０００円ってどうなんだという思いと、９００円出すなら１０００円も一緒なのではないかという思いが交錯した末、僕は肌美人プレミアムのボタンを押しました。

出てきた写真がプレミアムなのかどうかは、わかりません。肌美人スーパーとどれくらい違うのか、はたまた通常とどれくらい違うのかもわかりません。

ただひとつ、アルバイトの面接には落ちました。

正気かよウニの舌で終わらせとけよマジでハンバーグ寿司食べんのか

北海道に住んでいると、道外の方から「あんな美味しい海鮮を、いつも食べれてうらやましい！」というようなことを言われることが、結構あります。が、僕ら道民は、毎日のように海鮮を食べているわけではありません。寿司屋などもたまに行くくらいですし、蟹なんて年に一度食べればいいほうです。個人的には、近くにある分、道外の方より食べてない気がします。

ただ、リーズナブルなお店でもクオリティが高いのは間違いありません。

先日、僕は知り合いの方と回転寿司に行きました。その店は安くて新鮮でネタも大きく、知り合いの方も僕も「うまいうまい」と言いながら、食べていました。

お腹も、だいぶんいっぱいになり、今のウニで終わりでいいかな。もう一皿くらい食べてもいいかな。と悩んでいた僕の目に、あるネタが飛び込んできます。

ハンバーグ寿司です。

それを見た瞬間、今まで魚ばかり食べていた舌が、急にハンバーグを欲しはじめました。

「最後、ハンバーグ寿司食べようかな」

今思うと、口に出したことが間違いでした。

その言葉を聞いた知り合いの方が「え？　まじで？　ハンバーグ寿司？　考えられないんだけど」と、すごい勢いで言ってきます。

たしかに僕も邪道なことはわかっています。ただ、舌が欲してしまったんです。

「しかも最後にハンバーグ寿司!?　魚じゃなくてハンバーグ寿司でシメるの？　え？　正気？　やめとけって」

知り合いの方は、僕の行為が犯罪であるかのような勢いで、ハンバーグ寿司を食べることを止めてきます。

その勢いに負けてしまった僕は、結局ハンバーグ寿司を食べるのを諦めました。

美味しいお寿司を食べられた8割の満足と、ハンバーグ寿司を食べられなかった2割の後悔で、僕は店を出ました。

次は一皿目にハンバーグ寿司を食べよう。

いや、それはそれで「一皿目にハンバーグ寿司？　魚じゃなくて？　正気？」と言われる恐れがあります。

そうだ、次は一人で回転寿司に行けばいいのか。

「DAMチャンネルをご覧のみなさんこんにちは」画面のアイドルだけが元気だ

今でこそ少なくなりましたが、若い頃はカラオケでオールというのを、よくやっていました。

特に多かったのが、お笑いライブ終わりに芸人仲間とカラオケに行き、終電を逃す。タクシーで帰るお金なんてないので、朝までカラオケで時間を潰す。みたいなこと。

ライブがあるごとに、そんなことをしていた記憶があります。

カラオケボックスに入って序盤は、誰もが歌を歌いたがります。画面に映し出されている予約曲は、10曲を超え、一画面では収まりきらず、自分の歌う順番が回ってくるまでは相当な時間を要します。

「全然歌えないじゃん！」「早く歌いたいんだけど！」などと文句が飛び交います。

自分の歌う順番まで待っているような、行儀のいい若者はおらず、どの曲も全員で歌い、騒ぎ、と盛り上がります。

しかし、深夜3時を過ぎる頃でしょうか。全員に疲れが見えはじめ、予約曲もどんどん少なくなっていきます。歌う曲も、騒ぐような曲は減っていき、しっとりとしたバラードが増えていきます。

そして、朝を迎える頃。予約曲はとうとうゼロになります。少し前まで「全然歌えないじゃん！」「早く歌いたいんだけど！」と文句を言っていた若者たちが、みなぐったりとした様子です。

予約曲がゼロになったテレビ画面から、声が聞こえてきます。

「DAMチャンネルをご覧のみなさんこんにちは」

見知らぬアイドルが、見知ったフレーズを元気よく言い、新曲の告知をしています。

若者たちには反応がありません。

あんなに活気のある部屋だったのに、今、この部屋の中で元気なのは、あのアイドルだけになってしまいました。

時が経ち、あの頃の若者たちのほとんどが芸人をやめてしまっています。会う機会も減り、なにをしているかわからない人も多くいます。

あいつら元気にしてるかな？　ぐったりとした様子じゃなかったらいいな。

あと、あのアイドルは元気にしてるかな？

信号をしゃがんで待ってるおばさんの横の女性の傘ブワッてなる

ひまわりも枯れる季節だ この交番いつ見てもパトロール中だね

チョコミントみたいな風の屋上のあの壁はまだ広告募集

見上げても見上げなくてもあの雲はなにも似てない形をしてる

「5番差せ!」「3番残せ!」の声の中「ルメール頼む! 俺を救ってくれ!」

競馬が好きで、場外馬券場によく行っていた時期がありました。場外馬券場とは、競馬場と違い、馬は走ってはいませんが、馬券を買えてテレビでレースも見られる場所です。

競馬場は、今やとても綺麗《きれい》で、家族やカップルでも遊べる、相当クリーンな場所になりました。が、場外馬券場は、まだギャンブルのにおいが相当残っています。その要因は、そこにいるおじさんたちが醸《かも》し出しているものだと、個人的には思っています。

そこには、新聞と赤ペンを持った、同じような格好をしたおじさんたちがいて、各々違う馬券を買って、テレビで放送されているレースを見ているのですが、日常的に、叫び声が飛び交っています。テレビに向かって叫んでも結果は変わらないのに、おじさんたちは、力の限りに叫びます。

「差せ！　差せ！」や「残せ！　残せ！」「行け！　行け！」など、各々のフレーズと声量で、おじさんたちは各々の馬を応援します。

ある日、それらの聞き慣れた叫び声の中に、聞き慣れないひとつのフレーズを耳にしました。

「ルメール頼む！　俺を救ってくれ！」

ルメールというのは騎手の名前です。場外馬券場にいるおじさんが、レース中に騎手の名前を叫ぶことは珍しくありませんが、しかし「救ってくれ！」は、はじめて聞くフレーズです。しかもその声は必死で、あまりにも切羽詰まっていて、決して大きい声ではないのに、僕の耳にダイレクトに入ってきました。テレビから目を離し、声のしたほうを見ると、一人のおじさんが、泣きそうになりながらレースを見ています。握りしめている馬券が、その力で破れてしまいそうなほどです。

「救ってくれ！」という言葉に嘘はなさそうです。

レースに目を戻すと、ルメール騎手の馬は惨敗していました。

気付くとおじさんの姿は、もうありません。だけど、まだ遠くには行っていないはず。

僕は紙切れになった、ルメール騎手の馬券を握りしめ、おじさんの姿を捜しました。

おじさん、よければ一緒に傷を舐《な》め合いませんか。

誕生日プレゼントにと渡された明日には必ず枯れる花

誕生日プレゼントはもらうと嬉《うれ》しいものです。その人が自分のためにお金や時間を使ってくれた。それは金額や費やした時間の長さに関係なく、それだけで、とても嬉しいことです。

しかし「嬉しいんだけど……」と言わずにいられなかった経験も僕にはあります。

何年も前のこと。人に誘われてお酒の席に行くと、そこには初対面の女性がいました。

その方は芸人としての僕を知ってくれていて、しかも誕生日が近いことも知っていて、僕に誕生日プレゼントとして花をくれました。初対面の人からの、もらえると思ってなかったサプライズプレゼント。僕は大いに喜びました。彼女は言います。

「でもこれ、明日には枯れる花なんです」

「え？」

「明日には枯れる花なんです」

明日には枯れる花？　なんだそれは？

疑問に思った僕は「なんで？」「どうして？」と質問を重ねますが、彼女は「明日には枯れる花なんです、すいません」の一点張りで、話は前に進みません。

なぜ明日には枯れる花だってわかるのか？　そして、なぜ明日には枯れる花をくれるのか？

謎は深まるばかりです。

しかし、そんな話ばかりしているわけにもいかないので、僕らは話を変えて、お酒を飲み進めました。そうしているうちに、僕はいつのまにか花のことは忘れていました。

飲み会は２軒目３軒目と盛り上がり、夜にはじまった会が終わった頃には朝になっていました。飲んでいたみなさんと別れ、一人になった僕はなんの気なしに、さっきもらった花を鞄《かばん》から取り出し見てみました。

あら、もう枯れてるじゃないですか。

夫婦喧嘩の時に凶器になるしオルゴールなんてくれても困る

誕生日プレゼントを選ぶのに、いつも迷います。そもそもそういったセンスが皆無で、あまり相手に喜んでもらった経験はありません。喜んでもらえなかった経験は多々ありますが、誕生日プレゼントをあげてなお、文句を言われたことも一度だけあります。

それはある先輩芸人さんに誕生日プレゼントをあげた時のことです。

その芸人さんには、これといった趣味もなく、当時ハマっているものを聞いてもしっくりくる答えをいただけませんでした。

僕のセンスがない上に、情報もないとなれば、このプレゼント選びは難航する。そんなことを考えながらショッピングモールをぶらついていた僕の目にある物が飛び込んできました。

オルゴールです。

その芸人さんには、小さいお子さんがいます。その芸人さんだけのことを考えるのではなく、親子という括りで考えた時に、一緒に楽しめるオルゴールというのは、プレゼントとして秀逸な気がします。センスのない僕がこの時ばかりは正解を叩《たた》き出した。

そう思った僕は、そのオルゴールを買い、先輩芸人さんに渡しました。

喜んでくれることを想像していた僕の目の前で、先輩芸人さんは顔をしかめます。

「オルゴール？」

「はい、お子様と楽しめると思って」

「困るよ。こんなの家にあったら、嫁と喧嘩した時、真っ先にこのオルゴール飛んでくるじゃん！　こんな硬いの飛んできたら危ないから、家に置いとけないわ」

独身の僕には想像もできないところからの意見でした。

子どもが音楽は好きじゃないとか、こんなの何回かで飽きるとかなら、まだわかります。それが、オルゴールを音の出るものではなく凶器として捉えるなんて。こんなに硬いものが夫婦喧嘩の時に飛んでくるなんて。

唖然としている僕に、先輩芸人さんはさらに続けます。

「危ないから押し入れの奥に入れとくわ」

今のところ、あのオルゴールが凶器として使われたという話は聞いていませんが。オルゴールを鳴らしたという話も聞いていませんが。

諦めが予測変換の1番目 アイス新垣結衣雨宿り

スマートフォンの機能に、予測変換というものがあります。文字を打つ時に、最近使った単語や、今までに使った頻度が高い単語を提示してくれる、とても便利な機能です。

なので〝あ〟と打つと、〝あ〟の予測変換が出てきます。

僕の〝あ〟の予測変換の2番目は「アイス」でした。

他には「新垣結衣《あらがきゆい》」や「雨宿り」などが並びます。どれもいつ使ったかは、よく覚えていませんが、予測変換に出てくるということは、使っているということなのでしょう。

僕の〝あ〟の予測変換の1番目は「諦め」でした。

こちらも、いつ使ったかは、よく覚えていません。しかしこれは、さっきの覚えていないとは真逆で、使いすぎて覚えていません。よく色々なことを諦めてきた人生なので、「諦め」が予測変換の1番目に来るのは、とても悲しいことですが、とても納得できることです。

「諦め」と打つと、その後の予測変換には〝る〟と出てきます。「諦める」が1位です。

納得です。しかし、2番目には〝ない〟が出てきました。「諦めない」です。

たしかに今までの人生、諦めることのほうが圧倒的に多かったかもしれません。

だけど少なからず諦めなかったこともありました。諦めると諦めないの差が、どれほどのものかは予測変換機能は教えてはくれませんが、きっと大きな差があると思います。

でもいつか、「諦めない」が「諦める」を逆転する日を夢見て。

それを諦める日が来ないことを信じて。

その王は実は影武者で本物はこの銀なので勝負続行

将棋が弱いです。王が取られたら負けなどの基本的なルールや、最低限の駒の動かし方などはわかりますが、戦略的なことは、ほぼわかりません。なので将棋を指して、誰かに勝ったという記憶がほとんどありません。

弱いので自分から誰かを誘って指すということはありませんが、誰かに誘われれば指します。

その日も、知り合いの方に誘われて、将棋を指すことになりました。

戦略的なことがわからない僕は、いつものように、動かしたい駒を動かし、駒を相手に取られそうになれば、その場しのぎで逃げていたので、さらに状況が悪くなっていました。いつも通りの展開です。

ひとつだけ、いつもと違ったことは、相手の方が結構な強者で、かなり早めに僕の王が取られる状況になったということです。

「参りました」

僕が言うと、相手の方は、かなり残念そうな顔をしています。

それは、こんなに弱いとは思わなかった。全然楽しめなかった。という顔に僕には見えました。

周りには、とてもイヤな空気が流れています。

僕はその空気を少しでも変えたいと思い「今、取られた王は実は影武者で、こっちの銀が本当の王様なんだ。だから本当はまだ負けてないけどね」と笑顔で言ってみました。

場を和ませようというユニークな一言です。盤上を戦場に見立てたコメントは、アドリブにしてはなかなかにいいジョークだと思いました。

しかし相手の口から出た言葉は。

「は？」

その「は？」は、僕が今まで聞いた「は？」の中でも、上位に入る冷たさでした。

将棋を侮辱するなよ。なにその負け惜しみ？　全然おもしろくないんだけど。

色々な思いが、たった一文字に乗っかった「は？」でした。

周りの空気はさらに悪くなり、相手はその場を去っていきました。

それから僕は、誘われても将棋を指さなくなりました。

生きていていいと未来が言っている予定があるってそういうことだ

生きてる意味ってなんだろう？

10代の頃、答えの出ないこの問いを、よく考えていました。友達とその話をした覚えはありますが、大人たちからそんな話を聞いた記憶はありません。だから、これは10代特有の悩みであって、大人になれば、そんなことは考えなくなるのだろう。もしかしたら大人になれば生きてる意味が見つかるのかも。10代の僕はそう思っていました。

今、僕は30代後半になり、当たり前のように、生きてる意味ってなんだろう？　と頻繁に考えています。もしかしたら、あの頃より多くの時間をその問いに費やしているかもしれません。もちろん、答えなんて見つかっていません。考えていることと、答えの出ないことは、あの頃と変わっていませんが、変わったこともあります。それは生きてる意味がわからなくても、予定があるうちは、生きてるべきなんだと思っていることです。

その予定は、仕事でもプライベートでも、大きくても小さくてもよくて、それがあるうちは、生きなければいけないんだと、今は思っています。

この考えは、とてもいいものだと思っているのですが、スケジュール帳を開いてみると、そこには真っ白な景色が広がっています。

あれ、どうしよう。

撮られてることがわかってない時の写真の顔は見ていられない

顔が変だとか、顔がユニークだとか、今までさんざん言われてきました。

僕は僕の顔を、鏡や写真で見て知っています。男前だとは口が裂けても言いませんが、そこまで言われるほどの顔でもないのになと、常々思っていました。

そんなわけで、僕は芸人なので、みんながイジリとして過剰に言っているのだと解釈していました。

しかしある日、僕は一枚の写真を見て思いました。

あれ、僕ってこんな顔してるの？

その写真では、僕は被写体の後ろに写っていて、撮られることがわかっていない時の顔をしています。その顔は、ちょっとだけ変です。

たしかに鏡を見る時は、鏡に映る自分を見る時なので、多少意識はしています。

写真を撮られる時も、撮られることがわかっているので、かなり顔をキメています。

今まで僕が見てきた僕の顔は、見られることを多少なりとも意識した顔ばかりだったのです。なので僕は自分の顔が変だということに気付かなかったのです。

しかし今、撮られることがわかっていない時の顔を見て、思います。

今まで周りが言ってきたことはイジリではなく本当だったんだ。

僕はちゃんと、ちょっとだけユニークな顔をしていたんだ。

そうです、あくまでもちょっとです。

男前だとは口が裂けても言いませんが、そこまで言われるほどの顔でもないのになと、いまだに僕は思っています。

置くだけのブルーレットとなんとなくただここにいるだけのぼくたち

舞台に立って漫才をしたりコントをしたりというのは、もちろん芸人の仕事ですが、その漫才やコントを考えることも、ひとつの仕事です。なので普段、椅子に座ってボーッとしているように見える時も、おもしろいことを考えて、頭をフル回転させています。

だけど、そうじゃない時も多々あります。

おもしろいことが浮かばない時や、おもしろいことを考えたくない時。ただボーッとしている時間というのが存在します。

外から見ている分には一緒かもしれませんが、頭の中は雲泥《うんでい》の差です。

ネタが完成すると、相方とネタ合わせをします。ネタ合わせとは、舞台に立つ前の練習で、基本的には台詞を掛け合って進めていきます。もちろんスムーズにいくことばかりではなく、頓挫してしまうことも多くあります。

この部分はこれでいいのか？　そもそもこれは本当におもしろいのか？

そんな疑問が二人の中に出てきて、各々が考える時間に入ります。打開策がすぐに見つかる場合もありますが、まったく見つからず、二人でただ黙っている時間というのも珍しくありません。そんな時も僕の頭の中は、ボーッとしていることがあります。考えても無駄だと思ったり、なにがおもしろいのかわからなくなったりした時に、僕の頭は考えることをやめてしまいます。

ネタを作っている時にボーッとしている時間。ネタ合わせの時にボーッとしている時間。その時間は、そこにいるというよりも、ただそこに置かれているという感覚があります。

トイレのタンクに置かれている「ブルーレットおくだけ」のようなものです。いや、そんなにいいものではありません。「ブルーレットおくだけ」は、置くだけで洗浄や除菌をしてくれますが、僕は本当にただそこに置かれているだけなんですから。

37度目の春今気付いてるグーチョキパーじゃなにも作れない

お笑い芸人として活動しているので、ネタを書くということを日常的にしています。

芸人をはじめた頃は、ネタの書き方や、お客さんがなにに笑うかということが、まったくわかりません。なので、自分がおもしろいと思うことを、ただただネタにして、それを舞台で披露していました。正直、お客さんにウケるウケないは関係なく、まっすぐに、自分がおもしろいと思うことをやっていました。

しかし舞台を重ね、芸歴を重ねていくうちに、どういうことでお客さんが笑い、どういうことで笑わないのか。お笑いの基礎みたいなものが、少しずつですがわかってきます。それに伴い、ウケないことの恐怖や恥ずかしさなども学んでいきます。

経験を積んだという意味では、とてもいいことなのかもしれませんが、それによって失ったものもあります。

この前、僕は「グーチョキパーでなに作ろう！」を題材にネタを考えていました。

「グーチョキパーでなに作ろう！」は誰もが知っている手遊びで「右手はグーで左手はチョキでカタツムリ」のように、両手を使って色々なものを作っていきます。そこで変なものや、おかしなものを作れないかと思い考えていたのですが、30分経っても1時間経っても、ネタがひとつもできません。浮かばないわけではありません。浮かんだものを、これはウケないのではないかと弾いたり、お客さんに伝わらないのではないかとやめたりして、その結果、ひとつもネタが残らないのです。

これがお笑いをはじめた頃ならば、ウケるウケないは関係なくバンバンとネタが浮かび、怖いもの知らずで舞台で演じていたはずです。

しかし今の僕は37歳になり、芸歴も20年近くになりました。

お笑いのことを変に知ってしまい、怖がりになった僕は、もうグーチョキパーでなにかを作ることができません。

「グーチョキパーでなに作ろう!」のネタはやめよう。題材を変えよう。

グーチョキパーではなにも作れなかったけど、他のものでは作れると信じて、僕はまたネタを考えはじめました。

道を行く人の夕食予想することで世界と繋がっている

芸人としてライブに出演した時に、他の芸人さんのネタを会場の後ろから見ることがあります。

その日、ある芸人さんが「通りすぎる人の夕食を予想するおじさん」というコントをしていました。決して見てくれが綺麗とは言えないおじさんが、通りすがりの人が持っている袋の中身から夕食を予想する。じゃがいもと玉ねぎとニンジンがあるからカレー。卵と鶏肉があるからオムライス。そういったことを、おじさんが道で口に出していくというコントです。

とてもおもしろい発想ですし、お客さんもよく笑っていました。

しかし僕は、そのコントを見て笑えませんでした。

あのおじさんは未来の自分かもしれない。そう思ったからです。

芸人という、将来の保障がなにひとつない職業につき、気付けばもう30代後半。

いまだに、芸だけで食べていくにはほど遠く、もし食べられるようになったとしても将来の安定など、まったくありません。

他の仕事をしようにも、資格も職業経験も、ほとんどない人間を雇ってくれる場所など、なかなかないのではないでしょうか。

働くところもなく、周りの人も離れていった時に、道を行く人の夕食を予想することで、世界との繋がりを持つ。
自分がそうならない可能性などなく、むしろそうなる可能性のほうが高いのではないかと思えてきます。

そんなことを考えているうちにコントは終わっていました。
思案のせいで、コント中盤からの内容は、ほとんど頭に入っていません。
どんなオチだったのだろう？
あのおじさんにハッピーエンドは訪れたのだろうか？
聞きたい気持ちはすごくありますが、待てよ。
もし、バッドエンドだったら。もし、あのおじさんが不幸になっていたら。
そんなことを考えてしまい、僕はいまだにオチを聞けないでいるのです。

筋肉はひとつも動いてないんです語尾に笑とかつけてる時も

20代の頃は、おもしろくなければ笑わないというスタンスで生活していました。なんなら、人の言うことで笑うなんて、芸人として負けだという、今考えると、まったく意味のわからない理論を持っていて、おもしろくても笑いを我慢することもありました。

いつからなんでしょう、愛想笑いを覚えたのは？

30代後半の僕は、おもしろければもちろん笑うし、おもしろくなくてもよく笑います。

ここは笑っといたほうが雰囲気よくなるだろうと思えば笑うし、ここで笑わせたいんだろうなという相手の意図を汲み取れば、そこでも笑います。

最近では、本当におもしろくて笑っているのか、空気を読んで笑っているのかがわからなくなることもあります。


愛想笑いのテリトリーは、対面だけではなく文面にも広がっています。

それは〝笑〟です。

20代の頃は、本当に笑ってるわけじゃないんだから、メールやLINEなどに〝笑〟を使うのはおかしいという考えでした。

30代の僕は〝笑〟を使いまくりです。

〟。じゃさみしい時は〝笑〟、冗談ぽくする時に〝笑〟、返信に困った時には〝笑〟単独で使うことすらあります。

20代の頃に使わなかった〝笑〟を、取り戻すかのように、ゲラゲラゲラゲラゲラと使っています。

だけど対面と文面には大きな違いがあります。

それは、文面で〝笑〟って打ってる時の僕の顔、全然笑ってないんですよね。

頼んでたラーメンよりも200円高いのがきたがなにも言わない

節約をしています。

若い頃は、あればあるだけお金を使っていたのですが、30代も後半になり、今さらながら、将来のことが心配になってきました。

なので、本当に少しずつでもいいので貯金をしよう。貯金をするためには節約が必要だ。その思考で節約をしています。

今までの生活を見直したら、お昼ご飯が外食ばかりであることがはっきりしました。ここは節約できそうだ、ということで、今はスーパーの割引のパンだけにしてみたり、時には食べないという選択肢も持っています。

しかし、切り詰めてばかりではストレスがたまるので、２週間に一度くらいは外食をしています。

先日のお昼も、いつもの節約のご褒美に、ラーメン屋さんに行きました。

メニューを見ると、シンプルなラーメンの他に、特製なんちゃらラーメンや、全部のせなんちゃらラーメンなどが並んでいます。

もちろん、そういったラーメンは割増の値段になっています。

せっかくなら贅沢をしたいという気持ちもすごくありますが、節約のことがあります。メニューを前に、心はいったりきたりで揺れに揺れましたが、ここはグッと我慢をして、僕はシンプルなラーメンを頼みました。

程なくして店員さんが、ラーメンを持ってきました。

「特製なんちゃらラーメンです！」

え？

「ごゆっくりどーぞ」

え？　え？

伝票を見ると、そこには特製なんちゃらラーメンの値段が書いてあります。

店員さんに言おうと思いましたが、店はお昼時で忙しそうで、僕のことで動きを止めてしまうのは、とても心苦しいことです。しかも仮に言えたとして、替えてもらった場合、このラーメンはきっと無駄になってしまいます。特製なんちゃらラーメンが無駄になるのは、とても悲しいことです。

そんなことを考え出すと、言う勇気は出ず、僕は勢いよくラーメンをすすりました。

存分に味わおう。明日のお昼は、なんにも食べないんだから。

1万円貸してくださいと母親の答えを待ってるキスアンドクライ

フィギュアスケートには、キスアンドクライという場所があります。演技終了後に選手とコーチが採点発表を待つためのスペースです。発表を聞いて喜びのキスを交わしたり、悔し泣きをしたりすることから、そう呼ばれているそうで、画面越しでも緊張の様子が伝わってきます。フィギュアスケートの選手でなければ、あの場所には行けませんが、近い緊張感は実生活でも味わうことができます。

それは、お金を貸してと言った後に、相手の答えを待っている時間です。

僕はよしもとで芸人をしていて、売れてないよしもと芸人というのは十中八九お金がなくて、どうしても誰かにお金を借りなければいけない状況というのが訪れることがあります。消費者金融に借りるほどの度胸はなく、知り合いに借りることで関係性が崩れてしまうのも嫌な僕は、たいてい、母親にお金の無心をします。

「お金貸してください」

母親の答えを待つ一瞬、二つの気持ちが頭をよぎります。すんなり貸してくれるかな？　いや、少し前にも借りたから無理かな？　フィギュアスケート選手が味わっている緊張感が、僕にも走ります。

しかし、残念ながらこのキスアンドクライには喜びはありません。貸してもらえなければ生活の圧迫が待っているし、貸してもらえたところで、30を超えて親にお金を借りたという事実は、自分を落ち込ませます。むしろ借りれなかった時よりも、浮かない気分になります。

これはもはや、キスアンドクライではなく、クライアンドクライです。

このキスアンドクライには行かないことをオススメします。

平等院鳳凰堂があと一軒あれば諭吉は滅びないのに

財布が重くなることが多々あります。
お金が多いからではありません。むしろお金は少ないほうです。
「クレジットカードや電子マネーを使うのがほとんどだからお金が少ないん

だ」というわけではありません。むしろ、ほぼ現金しか使わないのに、お金が少ないのです。

ではなぜ、お金が少ないのに財布が重くなるのか？

それは小銭が増えるからです。買い物をした時に、小銭が増えることが多いからです。

ただ誤解しないでほしいのは、僕は決してお金の払い方が下手というわけではありません。

７５０円の会計の時には１２５０円を払えるし、１０８円の会計の時には１１３円を払えます。

しっかりと計算のできる男なのです。

ではなぜ、しっかりと計算のできる男なのに、財布の中の小銭が増えるのか？

それは、会計の時に小銭が10円だけ足りないという事態が、僕にはとても多く起こるからです。

あと10円あれば小銭だけで払えるのに、その10円が足りないみたいなことが、本当に多いからです。

７５０円の会計なら10円玉は４枚しかないし、７６０円の会計なら50円玉はあっても10円玉は１枚もありません。そんなことが本当に多いんです。

しかもこの現象はなぜか、財布の中のお札が一万円札だけの時に、よく起きます。

千円札が入っている時は、だいたいが、小銭だけで払える額なのに、たまに一万円札が入っていると、よく10円玉が１枚足りません。一万円札が入っている日に限って、10円玉が１枚だけ足りません。なにか見えない力が、僕の一万円札を崩そうとしているとしか思えません。

もしくは、福沢諭吉が僕のもとにいたくないのでしょうか。

２０２４年には、一万円札の肖像画が渋沢栄一に変わります。

渋沢栄一には好かれるといいのですが。

蝶のように舞い蜂のように刺すことはなく寝る　自分だけの寝相で寝る

蝶のように舞い蜂のように刺すとは、アメリカの元ボクシング選手モハメド・アリさんのボクシングスタイルを形容した表現です。軽やかなフットワークと鋭く的確なジャブを評しての言葉です。こう表現されるのはモハメド・アりさんだけです。言うなればオリジナルというやつです。

僕は、オリジナルへの憧れが強くあります。

例えば漫才を作る時は、誰もやってない漫才を作りたいと思うし、文章を書く時も、今までに誰も読んだことのないような文章を書きたいという思いがあります。

しかし、それはとても難しく、そういうものができたと思っても、たいていの場合はすでに誰かがやっています。

稀《まれ》に誰もやっていないだろう斬新なものができることがありますが、それは決まって基本がなってなく、人前に出せるようなものではありません。

オリジナルでいいものを作るのは、本当に難しいことです。

作るものでオリジナルができないのなら、せめて寝相くらいオリジナルで寝てやろうと思った先日。

枕を足元に置いて、両手をハニワのようにして寝てみる。

いや、枕をお腹に置いて、足はあぐらをかくようにして両手はバンザイで寝てみる。

いやいや、枕は茶の間に放り投げ、足は三角座りのようにして、両手は大の字に広げて寝てみる。

そんなことを夜通し繰り返していると、朝が来ました。

一睡もできませんでした。

「よし売れる！」思って書いたあれこれが翌朝汚すぎて読めない

芸人として活動しているので、習慣的にネタを書きます。

パソコンやスマートフォンで書く機会も増えましたが、昔の名残で手書きすることもあります。

ネタを書いていると、稀にゾーンに入ることがあります。

おもしろいこと、手応えのあるものが、次々と浮かび、ペンが走ります。

それは、自分でペンを動かしているというより、なにかに動かされて文字を書かされているような感覚です。

そしてできあがったものを見返して思うのです。

「おもしろい。これを舞台で披露したら、お客さんに大いにウケて、このネタが注目を浴びるに違いない。そして賞レースで勝ち抜いて、よし売れる！」

満足感を得て、深い眠りにつき、翌朝起きて、ネタを見返します。

深夜のテンションで書いたものが、次の日に冷静になって見てみると、全然おもしろくないということは経験上、多くあります。

最初の頃は、それでへこむこともありましたが、今は慣れて、それでへこむことはなくなりました。

しかし、今僕は昨日の夜に書いたネタを見て、愕然《がくぜん》としています。

読めない。

自分で書いた字なのに読めない。

昨日は読めたのに、今はまったく読めない。

それほどまでに字が汚く、もはや字と呼べるものではありません。

読めさえすれば売れるのに。

昨日思いついたものなんだから、思い出せるだろうと思い、試みていると、少しずつですが記憶が蘇《よみがえ》ってきます。

それに伴い、字も少しずつ解読できてきます。

それを続け、ほとんどのことを思い出した時に、僕は確信するのです。

なんだよ。これ深夜のテンションでおもしろいやつで、今見たら全然おもしろくないやつじゃないか。

ぬるくなり炭酸抜けているこれはあの人がくれたオロナミンC

芸人としてお笑いライブに出演した時に、差し入れをもらうことがあります。手紙やお花などをもらうこともありますが、やはり多いのは食べものや飲みものです。

何年か前、いつもライブ終わりにオロナミンCを差し入れしてくれる女性がいました。僕にだけというわけではなく、出演している芸人ほとんどにオロナミンCをくれる方でした。そのオロナミンCは、おそらくライブ前に買ってきてくれているので、ライブ終わりには、かなりぬるくなってしまっています。ですが、「おもしろかった」の一言と共にもらうオロナミンCは、ぬるくてもとても美味しく、それを飲むのが、ライブ終わりの僕の楽しみになっていました。


しかし、ある時から、その方がライブに来なくなってしまいました。

噂で聞くところによると、彼女は重い病気を患っていて、今はライブに来れる状態ではないということです。いつもライブ終わりに少し喋る程度では、気付かなかったのですが、病気は相当重いものだということでした。

なにも気付かなかった自分が情けなく、とはいえ、気付いたところでなにができるだろうとも思い、モヤモヤとした気分になったのを覚えています。

何ヶ月か後、久しぶりに彼女がライブに遊びに来てくれました。

ライブの後に会った彼女は、見た目は変わらず、手にはオロナミンCを持っていました。

彼女は、そのオロナミンCを僕に手渡して、いつもと変わらず「おもしろかった」と言ってくれました。僕も病気に触れることはなく「また来てください！」と声をかけました。彼女は「はい！」と元気に言って、他の芸人にオロナミンCを渡しに行きました。

彼女を見たのは、おそらくそれが最後だったと思います。

これは何年も前の話なのですが、ついこの間オロナミンCを買った時に、彼女のことを思い出しました。

買ったばかりのオロナミンCはキンキンに冷えていて、僕の舌にはあまり合いません。

ぬるいオロナミンCを飲みたいな。

割引のレモネード買う３人の店員深くおじぎしてくる

色つきのそうめんごときに気を取られ見逃す浜辺美波のウィンク

ものすごい数のハトが集まっているおじさんに人は集まらない

東京に住んでる人全員バカと書いてる雑誌の本社が東京

あの数ある自転車の中でただ1台倒れているのがそう僕のです

なぜ自分だけこんな目に遭うんだろう、ということが多々あります。
その中でも頻繁にあるのが、自分の自転車だけが倒れているというやつです。
自転車置き場に自転車を置いていると、他の無数の自転車はしっかりと立っているのに、僕の自転車だけが倒れているということがよくあります。風で倒れていることもあれば、無風でも倒れています。隣の結構ボロめの自転車はしっかり立っているのに、僕のボロめの自転車だけが倒れています。自転車が倒れた回数選手権があれば、上位に食い込めるくらいには、今までの人生で自転車が倒されてきました。

自転車が倒れることに慣れた僕は、そのことをなんとかポジティブに考えたいと思い名案を思いつきます。

僕の自転車だけが倒れるということは、自分のを一発で見つけられるということじゃないか。

自転車置き場には、数多く自転車が止められています。自転車を止めた場所を忘れてしまったり、ずらされてしまったりすることもあるので、自分のを捜すのに苦労することも少なくありません。

だけど倒れていれば、見つけるのは一発じゃないか！　だって倒れてるんだから！

僕は名案を胸に、自転車置き場に向かいました。

しかし、そこには倒れている自転車は1台たりともありません。そして、自分の自転車を見つけた僕は、目を疑いました。

僕の自転車のカゴには、ZIMAの空き瓶が入っていました。

僕の自転車のカゴにだけ、ZIMAの空き瓶が入っていました。

星空が綺麗なことで有名な露天風呂でのすごい曇天

「マーフィーの法則」というものがあります。

「うっかりトーストを落とすと、バターの付いた側が下になる」に代表される、日々の生活の中の哀愁に富む経験則をまとめたものです。

僕の生活は「マーフィーの法則」に支配されているといっても過言ではないかもしれません。

トーストの例に近いものでいうと「うっかりスマートフォンを落とすと、液晶画面の側が下になる」。

その証拠に、僕のスマートフォンの画面はバキバキに割れています。

「急いでいる時に限って信号が次々に赤になる」

本当にそうですし、急いでない時は次々に信号が青になります。

「机の上のお茶はいつも重要な資料のほうに向かってこぼれる」

量が少ない時より、開けたてでたくさん入ってる時のほうが、こぼれます。

「銭湯の脱衣所でロッカーがほとんど空いているのに、そこにいる二人が使うロッカーは隣同士になる」

しかもその隣になった人は、だいたい強面《こわもて》で、着替えている間に汗をかいてしまい、お風呂に入った意味がなくなってしまいます。

「マーフィーの法則」に支配されているというより「マーフィーの法則」を超

えてしまっている気もします。

この前も、ある温泉に行く予定を立てていたのですが、その温泉の売りは、露天風呂から星空が綺麗に見えることだそうです。

とても見たいのですが「マーフィーの法則」に支配されている僕は油断をしません。

きっと僕が行く日は曇る。星なんて見えないんだ。わかってるんだ。

そんなことを思いながら、温泉に行く当日。

天気予報を見ると、そこにはズラリと傘マークが並んでいました。

さっきまで順調だったレジの列 急にもたつきだす僕の前

スーパーのレジに並ぶ時は、もちろん人の少ないレジに……というのを意識しています。なのに、僕の後から別のレーンに並んだ人に抜かれるということがよく起きます。

なんでだろう？　という疑問を持っていた僕に、知り合いが教えてくれたことがあります。

「レーンの人の多さだけじゃなくて、買い物の量とか店員さんの手際も見ないと。それでスピードは全然変わるから」

なるほど。単純な人の数だけじゃなくて、そのレーンごとの状況をしっかり把握しなきゃいけないわけですね。とても奥が深い。

その話を聞いた後、レジに並ぶ機会が、程なくしてやってきました。

僕は、まずそれぞれのレーンに並ぶ人の数を見ます。ふむふむ。

しかし、今回はこれだけでは終わりません。

この列は人は少ないけど、あのおばちゃんの買い物の量が尋常じゃない。ダメだ。

あの列は人は少ないし、買い物量が多い人もいないけれど、店員さんが少し手際が悪そうだ。ダメだ。

そんなふうに見ているうちに、ひとつのレーンが目につきました。

列に並んでいる人は少し多めですが、買い物量はみんな片手に持てる程度のもので、店員さんもパッパパッパとレジを打っています。

見えた！　ビクトリーロードです。

その列に並ぶと、予想通りにスイスイと列は進んでいきます。

勝ちを確信していた僕ですが、列は僕の前で急に流れを止めます。

そこでは、おじさんがあたふたしています。

「あれ？　ポイントカードがない。忘れたか？　いや、いっつも入れてるんだけどな。あれ？　なんでだろう。どこやった」

おじさんは財布の中を捜し、終いには、大量のカードを1枚1枚確認していきます。

お茶1本の会計は、まだ終わりそうになく、その間に、僕の後から別のレーンに並んだ方々が、右から左から、僕を追い抜いていきます。

そうか、レジに並んでいるお客さんの手際も予想しなければいけないのか。

次にレジに並ぶ機会もすぐにやってきました。

レジ前で僕は思案します。

人数の少ない列は？　買い物量の多い列は？　店員さんの手際はどうだ？　並んでいる人の手際はどう見える？　総合的に見てどの列が効率的だ？

そんなことを考えているうちに、レジには人がどんどん並んでいきます。

僕の思案はまだ終わらず、当分レジには並べそうにありません。

ならば僕は妹子の側に立ってやる太子に隋に遣わされてやる

今まで数多く、自分の不幸を短歌とエッセイにして書いてきましたが、たまには別の人の不幸を書いてみようと思います。

今日紹介させていただく不幸なエピソードをお持ちの人物は、小野妹子《おののいもこ》さんです。そうです、あの飛鳥時代を生きた遣隋使《けんずいし》の小野妹子さんです。

小野妹子さんは、６０７年に聖徳太子さんからの指示で、隋、すなわち今の中国に遣隋使として渡ります。しかし、聖徳太子の手紙のせいで、隋の皇帝に怒られてしまいます。翌年の６０８年になんとか帰ってきたと思ったら、同じ年に、また隋に遣わされます。

今でこそ中国は、飛行機で何時間かで行けますが、当時は船で3ヶ月かかったと言われています。往復6ヶ月を3年で2回。なかなかの激務です。しかも、ようやくたどり着いたかと思えば、怒られます。やってられません。

しかし、この誰でも授業で習うようなことを、今さら不幸だと言う気は、僕にはありません。

僕が不幸だと思うのは、その授業でいつだって、このことが聖徳太子目線で語られていることです。それが僕は小野妹子の不幸だと思うのです。

教科書にはこう書いてあります。

聖徳太子が小野妹子を隋に遣わす。

先生は言います。

「聖徳太子が遣隋使を派遣しました。小野妹子らが隋に行ったってことだな」

授業では、いつだって聖徳太子が主役で、小野妹子は脇役です。生徒たちは、聖徳太子のエピソードとして遣隋使を学び、小野妹子のエピソードとして学ぶことはありません。

あんな激務をこなしたのに、気の毒でなりません。

この本の認知度は、教科書の足元にも及ばないことはわかっています。だけど僕くらいは、小野妹子さんを主役にしてあげたいので、ここに記しておきます。

607年　小野妹子、聖徳太子に隋に遣わされる。

また追悼番組を見てる　死んだ時追悼番組されない母が

ネクタイの前後の長さが合わなくて靴紐も緩いような気がして

お年玉少ない方のおじさんの葬式とても質素だったな

建てたのとおんなじ額で壊せると食卓で言う人と聞く人

僕が生まれた家は、相当にボロい家でした。築40年以上も経っている代物です。木造の三角屋根で、近くの道をトラックが通れば揺れたのを覚えています。

そんな家が、老朽化により壊されることが決まったのは、僕が30代前半の頃。

僕は、約30年生活していた実家を離れることになりました。

家を取り壊すことが決まった、ある日の夕食時。母がこんなことを言いました。

「今日、取り壊す時の費用を計算してもらったんだけど、建てたのとおんなじくらいの値段だもんね」

母にしたら、何気なく口にした一言だったはずです。

だけど、僕はその言葉にショックを受けました。

普通に考えれば、家を壊す時より、建てる時のほうがお金がかかります。40年の間に物価が変わったとはいえ、壊す額で建てられるような家なんてものは、あまりないはずです。

ということは、僕は今まで、どんだけ安い家に住んでいたんだ。30年間も、どんだけ安い家で生活をしていたんだ。30年間の、この家での思い出が走馬灯のように蘇ります。

親との思い出、姉との思い出、祖父母との思い出。その思い出すらも、すべて安っぽく思えてきます。

そういった意味で、結構なショックを受けたことを覚えています。

先日、その実家があった場所の近くを通る機会があり、久しぶりに僕は、その場所を訪れてみました。そこには立派でモダンなコンクリート3階建ての家が建っていました。僕の実家を建てる額と壊す額を合わせても建てられないような、立派な家が建っていました。

この家はもうでっかい灰皿だから茶の間の床で消してるホープ

僕が生まれた家は本当にボロボロでしたが、その取り壊しが決まったのは隣の一軒家に住んでいた祖父母が亡くなったからで、僕の家族は、そちらへ引っ越すことになりました。

歩いて10歩で行ける距離。引っ越し業者に頼むのはもったいないという話になり、僕が所属する札幌よしもとの後輩芸人たちが、引っ越しを手伝いに来てくれました。

元々の実家から、新しく住む家へと、次々に手際よく物を運んで行く後輩芸人たち。元々の僕の実家は、あっという間にがらんどうの空間になりました。

一段落したところで、休憩を入れようという話になり、僕と後輩芸人たちは元々の僕の実家の茶の間に集まり、タバコを吸っていました。

そこで一人の後輩芸人が、茶の間の床に灰を落としているのを僕は見たのです。

ん？

茶の間の床には灰皿が置いてあります。彼にはそれが見えていないのだろうか？

「灰皿あるよ」僕が声をかけると、彼は「あ、はい」と気のない返事をした後に、また床に灰を落とします。

え？　なんで？

「灰皿あるからさ、床に灰落とさないでよ」

僕が言うと、彼は、こう言い放ちました。

「でも、この家、もうでっかい灰皿みたいなもんじゃないですか」

啞然としました。たしかにかなりボロい家の、がらんどうになった茶の間です。何日か後には取り壊されることが決まっている家の、茶の間です。

だけど、僕にしたら、生まれてから今まで、30年以上過ごしてきた実家です。

それを灰皿だと。

この茶の間で子どもの頃から、毎日親とご飯を食べ、この茶の間で親に怒られ、この茶の間で親に芸人になると言って人生を決めました。僕にすれば、数えきれないほどの、楽しい思い出やつらい思い出が詰まった場所です。

それを灰皿だと！

驚きと怒りで動けなくなった僕の手元のタバコから灰が落ちるのを僕は見ました。その灰は灰皿ではなく、茶の間の床に落ちていきました。

今となっては、その家も、引っ越した先の一軒家も、煙のように消えてしまい、もうそこにはありません。

くるくると回すタイプの窓を開け 助手席から母親が見送る

先日、知り合いの人と自動車の話題になった時の話。

「今はくるくると手動で開けるタイプの窓が少なくなってきたよね」と僕が言うと、知り合いの人は言いました。

「今、そんな車乗ってる人いないから」

説明しておくと、今の車は「パワーウィンドウ」といって、ボタンを押すだけで窓が開きます。しかも、運転席にはたいていすべての窓を操作するボタンが付いているので、ドライバーが後部座席の窓を開けることも可能です。しかし昔の車は、手動で各窓の下に付いているハンドルをくるくると回すことによって、窓を開けていました。運転席にすべての窓を操作するハンドルが付いていることはなく、各窓の下に付いているハンドルをくるくると回すことでしか、窓を開けることができません。

「今、そんな車乗ってる人いないから」と言われましたが、僕の実家の車は、今もそんな車です。手動でくるくると回して窓を開けるタイプの車です。

この前、両親の用事が、僕の仕事場に近いということで、そこまで送ってもらえることになり、僕は実家の車に乗りました。父親が運転をして、助手席に母親。後部座席に僕。あんな話をした後なので、車も、なんならこの家族自体が、時代に取り残されている気がしてきます。

仕事場に着き、僕が降りると、母親が助手席の窓を開けて見送っています。特になにか言うわけではないのですが、くるくると回して開けた窓から、僕が見えなくなるまで見送っています。

今の時代にもうないはずの窓は、ないけどあります。

今の時代に生きている両親は、なるべく長くいればいいなと思います。

雪中にぶん投げられた母親がただ父親に謝っている

子どもの頃の記憶で一番古いものは？　と聞かれて決まって思い出すのが、父親に雪の中にぶん投げられて、泣いて謝っている母親の姿です。

何歳くらいの時のことなのか？　父親はなぜ怒っていたのか？　その時自分

はどんな顔をしていたのか？　そういったことはまったく覚えていなくて、ただ怒って大声をあげる父親と、泣きじゃくって謝っている母親の姿だけを覚えています。

子どもの頃は、他の家庭のことなどわからないので、そういったことは普通だと思っていたのですが、大人になってそれが普通ではなかったことに気が付きます。

この話を人にすると「壮絶だね」と言われたり「大丈夫？　トラウマとか残ってない？」と気を遣われたり「やばすぎない？」と引かれたりします。時には「雪の中にぶん投げられるって、北海道独特だね」という、よくわからない反応をもらうこともあります。

とにかく、あまり人がしていない経験なんだということだけは、今になってわかります。


先日、両親と出かける機会があり、待ち合わせをしました。その日は雨でした。

先に待ち合わせ場所に着いていた僕が待っていると、向こうから両親が歩いてきます。ひとつの傘を二人でさしてこちらに向かってきます。

何十年も前に雪の中にぶん投げてた人と、ぶん投げられていた人が相合傘でやってきました。

別に二人がよければ、それでいいんじゃないですかね。

父親の待望だった長男は 今コピー機を詰まらせてます

「本当は生まれてくるはずの子じゃなかったんだ」と親から言われたことがあります。直接ではなかったのですが、その時のことは、はっきりと覚えています。

学生の頃に家族と親戚と居酒屋に行った時に、僕らは個室に通されました。襖《ふすま》のある和室でした。

大人たちはお酒を飲んでいて、僕の父親と母親もお酒が進んでいました。宴も終盤になった頃、僕はトイレに立ち、用を足し、襖を開けて部屋に入ろうとしました。

その時に中から母親の声が聞こえてきました。

「雄矢は本当は生まれてくるはずの子じゃなかったからねん？」

もちろん襖を開けられるわけがありません。お酒が進んでいることと、僕がいないから交わされている会話であることは間違いないので、ここで襖を開けるほど、僕は空気を読めない人ではありません。

襖の外で話を聞いていると、母親は身体《からだ》が弱かったため、僕の姉の出産も大変だったとか。それを見ていた母親の両親が、もうこれっきりにしてほしいと思ったそうなのです。ただ僕の父親が、どうしても男の子が欲しかったらしく、懇願して僕が生まれてきたということでした。

その話を聞いた時、僕にショックや悲しさはまったくなく、「危なっ」と思ったことをよく覚えています。

「危なっ！　いなかったかもしれないじゃん」と。


父親がどうしても欲しかった長男は、芸人という、先のわからない安定とは程遠い職業につき、いまだに日の目を見る気配はありません。

30代終盤ながら結婚の予感もなく、親孝行のひとつもした覚えがありません。

そして今、コピー機を詰まらせています。コピー機に紙を詰まらせて、情けないくらいにあたふたしています。

こんな姿を父親が見たらどう思うだろう？

さすがに、生まれてこなきゃよかったと思うでしょうか？

それでも、生まれてきてくれてよかったと思うでしょうか？

いや「早くコピー機のお客様センターに電話しろよ」と思うでしょう。

仏壇の上にペプシを置いたってじいちゃんばあちゃん笑ったまんま

子どもの頃、じいちゃんばあちゃんが隣の家に住んでいたので、ほぼ毎日のように会っていました。

じいちゃんは、僕が頼むと必ず車で送ってくれました。床屋《とこや》に行くのが面倒な僕の髪を、いつも切ってくれました。なにかを直してくれと頼むと、たいていのものを直してくれました。

僕にはあまり声をあげることはありませんでしたが、ばあちゃんや自分の子どもたちには、よく大きな声をあげていました。怒っていたというよりは、おそらくそういう口調の人だったのでしょう。

ばあちゃんは、よくお小遣いをくれました。昼にお小遣いをくれて、夜に行くともう一度お小遣いをくれそうになるので、さすがに断ったこともあります。

じいちゃんや自分の子どもたちにはよく憎まれ口を叩いていましたが、僕には優しすぎるくらい優しいばあちゃんでした。

だけど、そんなばあちゃんに怒られた経験が一度だけあります。

小学校高学年くらいの時に、僕はばあちゃんの家で従兄弟と大声で騒ぎ、物なども散らかしていました。

ばあちゃんの「やめなさい」の声を何度も無視していると、ばあちゃんは台所から包丁を取り出して、こちらに向けてきました。

「やめなさい」

まじですか？　小学生ですよ。僕たちの悪ふざけの度がすぎたとはいえ、刃物ですか。

さすがに刺す気はなかったと思いますが、あの迫力と恐ろしさは、大人になった今でも鮮明に覚えています。


そんなじいちゃんばあちゃん、今は僕の実家の仏壇にいます。

その仏壇は、ちょっと物を置くのにちょうどいい場所にあります。ちょっと物を置くのにちょうどいい高さなので、僕はよく、その仏壇の上に物を置いてしまいます。

良くないこととはわかっているのですが、置いてしまいます。

そんなことをしても、遺影のじいちゃんばあちゃんは笑ったまんまです。

怒ってくれてもいいんですけどね。

包丁を突きつけられるのは、さすがに嫌ですけど。

祖父母の命日を並べて足してみた777《スリーセブン》だパチンコ行こう

その時は日に日に近づいてるけれどみんなして知らないふりしてる

それはもう違う　生類憐みの令と綾波レイくらい違う

マイナスとマイナスをかけてプラスという意味がいまだによくわからない

襟裳岬 土産物屋で流れてる森進一のじゃない「襟裳岬」

森進一さんの有名な曲に「襟裳岬《えりもみさき》」という曲があります。
「襟裳の春は何もない春です」と歌われる、あの曲です。
先日、僕ははじめて襟裳岬に行きました。北海道に住んでいるとはいえ、札幌から襟裳岬までは車で約4時間半かかるため、今まではなかなか行く機会がありませんでした。37歳にして襟裳岬初上陸です。

それはそれは絶景でした。海、広がる海。波、激しい荒波。空、海とのシンクロ。襟裳には、なにもないなんていうことはまったくなく、本当に素晴らしい青い世界がありました。

ひと通り景色を見終わった後、僕は襟裳岬にある土産物屋に入りました。

店内には「襟裳岬」が流れています。襟裳岬では誰もが「襟裳岬」を聴きたいはずなので、この選曲は素晴らしいものです。

しかし聴いていくうちに、その「襟裳岬」に僕は違和感を覚えます。

あれ？　森進一さんの歌声じゃない。

そこで流れているのは、聴き慣れている森進一さんの「襟裳岬」ではなく、誰かわからない人が歌っているカバーされた「襟裳岬」なのです。

なんてことだ。

襟裳岬では、まっすぐに森進一さんの「襟裳岬」を聞きたい。ベタでいいから、ここでは森進一さんの「襟裳岬」を聴きたいんです。

それが、誰のカバーだよ、これ！

初上陸の襟裳岬で本物の「襟裳岬」を聴けなかった悲しさと共に、僕は店を後にしました。

襟裳にはなにもないわけではありません。ただ、森進一さんの歌声はありませんでした。

いい人がどうでもいい人だとしたらいいねはどうでもいいねってこと

「いい人だね」と言われることが、たまにあります。昔は、純粋に喜んでいたのですが、今は、そうはいかなくなってしまいました。

そのきっかけは、浜崎あゆみさんの「Boys & Girls」という曲を聴いたことです。その曲の中に、こういう歌詞があります。

「〝イイヒト〟って言われたって〝ドウデモイイヒト〟みたい」

たしかに、そうなのかも。

「いい人」というのはとても抽象的な言葉です。なにがいいか、どこがいいかを言われた場合はさておき、そんなことを言われずに「いい人」とだけ言われた場合。そこには、なんの説得力もありません。今まで言われた「いい人」発言を思い出すと、そんなものが多かったような気がしてきます。僕に「いい人」と言ってくれた人の顔が「どうでもいい人」と言っているように思えてきます。

それからというもの僕は「いい人」という言葉を、まったく喜べなくなってしまいました。


その弊害は、別のところにも現れます。

SNSには「いいね！」というものがあります。その投稿を「いいね！」と思ったり「見たよ！」と伝えたりする時に使われるリアクションです。

僕もＳＮＳをやっていて「いいね！」をしてもらえると、見てくれたんだ、いいと思ってくれたんだと、昔は喜んでいました。

しかし、それも、浜崎あゆみさんの、例の歌詞を聴いてからは、これは「どうでもいいね」ってことじゃないのか？　この投稿がどうでもいいね、なんなら「お前のことなんてどうでもいいね」と言っているんじゃないのかと、思うようになってしまいました。

今となっては「いいね！」をもらうことがつらい域にまで達しているほどです。

この文章を読んで、共感してくれたら、それはとても嬉しいことです。「考えすぎだよ」とバカにしてくれても構いません。

どんなことでも、少しでも心が動いてくれれば、それだけでいいです。

僕が本当に怖いのは、どうでもいいね、という感想ですから。

ドクドクと脈打つお前の心臓はお前だけの持ち物じゃないから

飛び降り自殺をしようとしている人を見たことが何度もあります。もちろん実際にではなく、ドラマや映画の中での話です。ドラマや映画の中の自殺志願者は、ひと通り説得をされた後に、決まってこう言います。

「僕が死のうと関係ないじゃないか」

その言葉を聞くたびに、僕は疑問を持ってしまいます。本当にそうなのだろうか？　あなたが死ぬことは、本当にこの人に関係がないのだろうか？

例えば、この人の近しい人。両親や兄弟などにとって、その人の死は無視できるものではありません。影響を与えるという意味でも、もちろんそうですが、そもそも、その心臓は両親がいなければ鳴ることはなく、鳴り続けることはなかったはずです。

例えば、病院で働いている方や野菜農家さん。この人たちは、その人の死に直接は関係がないかもしれません。しかし、この人たちのおかげで、今まで生きてこられたというのは疑いようもない事実です。この人たちの働きのおかげで生きてこられて、この人たちがいなければ、その心臓は止まっていたかもしれません。

例えば、赤の他人。今まで会ったこともなく関わったこともない人。この人には、その人の死は、まったく関係がないように見えます。

が、例えばその人が笑わせた誰かが別の人を笑わせて、その人がさらに別の人を笑わせて、その人が、今死のうとしている人を笑わせているかもしれません。

その笑いのおかげで、今生きられているということがあるのかもしれません。赤の他人だと思っていた人も、回り回って関係があるのかもしれません。

だから僕は思います。その心臓は自分だけの持ち物ではなく、全員の持ち物なのではないかと。だからそれを勝手に止めることは、やっぱり許されることではないのではないかと。

この文章を読んだ誰かが誰かに伝えて、その誰かが誰かに伝えて、その誰かの心臓が鳴り続けるといいなと思います。

街中に有村架純は溢れててどこを歩いても優しい街だ

有村架純《ありむらかすみ》さんが好きです。僕だけじゃなくて、日本人の9割くらいの人が有村架純さんが好きなんじゃないかと思っています。

その理由に、意識をしなくても有村架純さんは色んなところから入ってきます。

例えばテレビ。ドラマにコマーシャルに、有村架純さんは出てきます。有村架純さんのドラマの後に、有村架純さんのコマーシャルが流れることも多々あります。

例えば本屋さん。表紙に有村架純さんがいます。色んな本の表紙になっているので、棚が有村架純さんだらけになっているのを見たことがあります。

例えば街中。ポスターに街頭テレビに有村架純さんはいます。ポスターの有村架純さんの目線の先に、有村架純さんがいるなんてこともあったりします。

これだけ見かけるということは、きっとそれだけ愛されてるということで、有村架純さんを見て「また頑張ろう！」と思う人が、日本全国に大勢いるのでしょう。

その経済効果たるや、きっと数字では測りきれないくらいに、大きなものなのだと思います。

とても素晴らしいことなのですが、僕はこの前、とても悲しい事実に気付いてしまいました。

これだけ有村架純さんを見かける機会があるのに、ほとんどの人は本物の有村架純さんに会うことはできません。テレビに表紙にポスターにと、パッケージされた有村架純さんには何度も出会えますが、本物の有村架純さんに出会うことはできません。

会えるのに会えない。会いすぎているのに本当は会っていない。これは、とても悲しい事実です。

今この悲しい事実に気付いているのは、おそらく日本で僕だけです。でも、もしこの事実に、日本国民が気付きはじめたとしたら。

有村架純さんを見て「また頑張ろう！」と思っていた気持ちが、「本物に会えないなら頑張ったってしょうがない」になり、さらには「どうせ会えないんだから頑張るのをやめよう」になる恐れがあります。

仕事を頑張る国民が少なくなればなるほど、日本の経済は右肩下がりになっていきます。

「どうせ本物の有村架純さんに会えないなら頑張るのをやめよう」という気持ちになった人が、一定数を超えた時に、日本を大恐慌が襲います。

そう考えると、日本の未来が心配でなりません。

どの暮らしにも関与していないのにWi-Fiだけは僕を見つける

携帯電話を持つようになってから、便利になったのは間違いありません。いつでも誰にでも連絡できるし、いつでも誰からでも連絡がくる可能性があります。直接電話がかかってくることは減りましたが、LINEやメールなど、以前より気楽に連絡が取れるようになりました。とても便利で快適です。

しかし、それによって感じる孤独というのも、間違いなくあるように思います。

それは連絡が取れるのに、誰からも連絡がこないということです。

僕の携帯電話には、知り合いや友達の連絡先が200件程入っています。ということは、200人の人間が、僕と連絡を取りたいと思えばいつでも取れるということになります。200人の人間がボタンひとつで僕と連絡を取れるということになります。

しかし僕の携帯電話は、何時間も鳴らないことなど、ザラにあります。睡眠時間をたっぷり取って、朝起きても、なにひとつ連絡がきていないことは、当たり前のようにあります。

充電を100%にして家を出て、朝から夜まで外出していたのに、帰宅した時に80%までしか減っていないことも、頻繁にあります。

誰からも連絡がこないということは、誰も僕の生活に関心を持っていないということです。

そして、僕が誰の暮らしにも関与していないということです。

それでも生活が普通に続いていくということは、とても悲しいことです。

携帯電話を持っていない時は、こんなことを思うことはなかったので、これは携帯電話を持つことによって、感じてしまう孤独なのでしょう。

そんな鳴らない携帯電話も、街中を歩けば、常になにかしらのWi-Fiを見つけてきます。

Wi-Fiを見つけてきては「接続しましょう!」と促してきます。

接続するのはいいんです。

だけど、今日もきっと鳴らないから、活躍機会を作ってあげられませんよ。

あけましておめでとうからあけましておめでとうまでの無言の一年

もうすっかり新年の挨拶はＬＩＮＥで送るようになりました。年賀状という文化は素晴らしいものだと心では思っているのですが、手間暇をかけて送るまでのことはなかなかできずにＬＩＮＥで済ませてしまいます。

まずは親しい人たちへＬＩＮＥを送り、次にそこそこ関係性のある人たちにＬＩＮＥを送り、最後に、この人は送るほどの人だろうか？　でも送っておこうという人たちにＬＩＮＥを送ります。

その中の一人に「あけましておめでとうございます。去年は大変お世話になりました。今年も会えるのを楽しみにしています！　よろしくお願いします！」という文言を書き、いざ送ろうと思った時に、僕はあることに気付きました。

トーク履歴を見てみると、この人と前回ＬＩＮＥをしたのが去年のお正月です。しかも今回のとまったく一緒の文言です。去年は大変お世話になりましたなんて送ろうとしていますが、去年は一度たりともこの人と連絡を取っていません。

今年も会えるのを楽しみにしていますなんて送ろうとしていますが、もちろん去年は一度も会っていません。だって連絡すら取っていないんですから。

ＬＩＮＥを送ると、その人もトーク履歴を見て、このことに気付くでしょう。

ＬＩＮＥを送ることで、逆に空白の一年が浮き彫りになります。
ＬＩＮＥを送るのはやめよう。
そんな人が何人も、僕のＬＩＮＥの友だちの中には存在するのです。

漫才の一番の嘘はこれからも続けるくせに言う「もういいよ」

漫才でセンターに立っているマイクのことをサンパチと言います。SONYのC38という型のものなので、そう呼ばれるようになったようです。

「嘘の三八《サンパチ》」という言葉があります。人間は数字に関する嘘をつく時に、三と八の数字が出やすいということから、そんな言葉ができたんだそうです。

まったくの偶然ですが、嘘をつく職業の人が使っているマイクがサンパチというのはおもしろい話です。

こういうことを書くと、漫才師って嘘つきなのか？　と思われてしまいますが、言わせていただきます。とんでもない嘘つきです。少なくともサンパチの前では、めちゃくちゃに嘘つきです。

例えば、漫才師は、「僕、医者になりたいんですよ」みたいなことを、よく言います。本当に医者になりたいのであれば、こんなところで話してる暇はないはずです。医学部に通い、必死になって勉強をしなければ医者になんてなれません。すなわち、そいつは本当に医者になる気なんてなく、嘘で言っているということです。

こんなのもあります。「外国人に道を聞かれた時のために練習しておきたいんだけど」たしかに外国人に道を聞かれるということはあります。だけどそれを練習しておきたいなんて、どれだけ善人なのだ。いつくるかわからない外国人のために練習しておきたい人なんているだろうか？　おそらく嘘なのでしょう。

サンパチの前には、とにかくたくさんの嘘が転がっていて、その最たるものが、オチ台詞の「もういいよ」だと僕は思っています。

「もういいよ」と相方に言って、本当に漫才をやめた人がどれだけいるでしょうか。解散してしまったコンビ以外は、次の日に、また同じ相方と漫才をしています。昨日「もういいよ」と言ったのにです。なんなら午前に「もういいよ」と言ったのに、午後にはまたその相方と漫才をしている人もいます。全然「もういいよ」ではありません。

「もういいよ」と言っている漫才師で、本当にもういいよと思っている人はほとんどいないのです。

嘘のサンパチの前の本当の話です。

僕も相方に、本当の「もういいよ」を言われないようにしなければ。

作品に昇華したって傷ついた部分が消えているわけじゃない

幻冬舎plusで、「僕の不幸を短歌にしてみました」という、小さな不幸の短歌とエッセイの連載をはじめさせていただいて、早半年以上の月日が経ちました。

毎週月曜木曜土曜、週3回、エッセイとともに掲載した短歌は80首を超えました。

毎回読んでくれているあなた、本当にありがとうございます。

たまに読んでくれているあなた、今後はぜひ毎回読んでください。

今日はじめて読んでくれたあなた、今後ともよろしくお願いいたします。

僕の周りにも読んでくれている方が多くいて、とてもありがたいことなのですが、それに伴い不本意なことが起きることもあります。


先日、知り合いの方とお好み焼きを食べに行った時の話。

僕がイカ玉を頼み、知り合いは豚玉を頼みました。

注文の品が来て、食べはじめると、違和感があります。

イカの味がまったくしません。イカ玉を頼んだはずなのに、イカの味も歯ごたえもまったくありません。

その時、知り合いの方が驚くべきことを口にしました。

「ラッキー！　俺の豚玉にイカも入ってる」

そのイカ、きっと僕のです。知り合いのお好み焼きにはイカと豚が入っていて、僕はただの小麦粉を焼いたものを食べているという状況になっています。

そのことを説明すると、知り合いの方は言いました。

「連載に書けるじゃん！　よかったな！」

たしかに連載に書ける可能性はあります。ただ、イカ玉を頼んでイカが入ってないことは、決してよかったことではありません。

「やったじゃん！」

え？　僕お金払って、小麦粉を焼いたものを食べてるんですよ。なにがやったじゃん！　なんですか？

こういうことを言われることが、最近たまにあります。

不幸は起きないほうがいいです。

不幸が起きないで連載を続けられるなら、そのほうがいいです。

でも不幸が起きないことで連載が終わってしまうなら、それよりは不幸が起きたほうが僕はいいです。

あとがき

あなたが今、このあとがきを読んでくれているということは、この本を読み終わってくれたということなのでしょう。

数ある本の中から、この本を選び読んでいただき、本当にありがとうございます！


この本は数多くの人の支えにより出版にいたりました。

その方々にも、本当に感謝の気持ちしかありません。

まずは、僕の短歌を何百首と見てくださり、ずっとアドバイスをし続けてくれた歌人の山田航《わたる》先生。

そして、僕の文章を見つけてくれて、とにかく褒め続けてくれた編集者の袖山さん。

それから、吉本興業の「作家育成プロジェクト」で丁寧に指導してくださった高橋朋宏さん、出版前から今まで、ずっと手を貸してくださった吉本出版部の金本麻友子さん。

この方たちがいなければ、僕が本を出版することは間違いなくありませんでした。

本当にありがとうございます！

鈴木成一デザイン室の方々には本をかわいくポップにデザインしていただき、谷端《たにばた》実さんには雰囲気のあるイラストを描いていただきました。

ずっと憧れの存在である穂村弘さん、俵万智さん、板尾創路さんからは、もったいない推薦コメントをいただき、同学年なのに尊敬すべき加藤千恵さんとは、念願の対談が叶いました。

本当にありがとうございます！

歌やエッセイに登場してくれた方々もそうです。

あの日、母親がくるくると回すタイプの窓を開けて見送ってくれなければ、父親が雪の中に母親をぶん投げなければ、あの歌たちは生まれていません。

相方が毎回５分遅刻してこなければ、先輩芸人さんがオルゴールを押し入れにしまわなければ、同棲してた彼女が「歯磨きのリズムがキモい」と言わなければ、あのエッセイたちは生まれていません。

僕のスクーターに座ったホストの方、僕の自転車を倒した風、僕の相合傘を消し去った波。

それらがなければ、この本は出版されていないのです。

本当にありがとうございます！

という文章を、相方を待つ時間を使って書いています。

相方はまたネタ合わせに遅刻をしています。
先ほどの感謝、相方のところだけ撤回でお願いします。

２０２２年　春

岡本雄矢

文庫版あとがき

２０２２年４月27日にこの本の単行本を出版させていただきました。

自分が本を出せるなんて思ってもいませんでしたが、運良く編集者さんに見つけてもらい、出版することができて、その後も編集者さんには、ずっとお世話になっています。ある時、編集者さんにご飯に連れてってもらった時のこと。

色々な仕事の話をさせてもらっている途中で、編集者さんがとても軽いトーンで言いました。

「あ、サラダバー文庫にしますから」

え？　文庫？　文庫になるってこんな軽いトーンで言われるものなんですか？

そう思っている僕の目の前で、編集者さんは、もう別の話をしています。

待って、待って！

僕まだ状況摑めてませんから。

だって文庫化ですよ！

僕は出版業界に詳しいわけではありませんが、すべての本が文庫本になるわけではありませんよね。

おそらく、単行本の売り上げや評価がいいものが文庫本になるんですよね。

なので僕は、文庫本になる時は、出版社の貴賓室かどこかに呼ばれて、編集者さんに「嬉しいご報告があります。この度『全員がサラダバーに行ってる時に全部のカバン見てる役割』が……文庫本になります！」くらい仰々しく言われるものだと想像していました。

文庫本になる報告は大事《おおごと》として行われるものだと思っていました。

しかし現実は、別の話の合間に「サラダバー文庫にしますから」でした。

それでも嬉しさは変わりませんが。

軽いトーンで言ってもらった文庫化ですが、僕にとっては初の文庫本。一生ものの本です。

読んでいただいたあなたにとっても、一生側に置いておきたい本になっていることを願っています。

２０２４年２月

岡本雄矢

解説——立ち止まる人

加藤千恵

岡本雄矢さんの名前は、ずいぶん前から知っていた。

最初は、歌人の山田航さんからのメッセージだった。岡本さんが脚本と演出を手がけられている舞台劇をご案内してもらったのだ。あいにく日程が合わずにうかがえなかったのだが、そのあと、山田さんと担当していた雑誌の短歌投稿欄で、岡本さんのお名前（というか短歌）を目にすることが増えた。おもしろいものが多く、優秀歌や特選歌に採らせてもらったこともある。

しかし、お笑いコンビ・金属バットのYouTube動画を聴いていた（動画と言いつつもラジオのようなもので、映像はないのでいつも音だけ聴いている）際に、金属バットの二人の口から出た「スキンヘッドカメラの岡本」が、岡本雄矢さんであるとすぐにはわからなかった。金属バットの二人は、岡本さんについて、後輩だと思っていじり倒していたら、まさかの先輩だった、というようなことを話していた。どういう人なんだろうな、なんてぼんやり考えた。

本書『全員がサラダバーに行ってる時に全部のカバン見てる役割』（以下、サラダバー）が単行本として刊行される際に、岡本さんと対談の機会を得た。その依頼メールをいただいた瞬間に、金属バットの口から出た「スキンヘッドカメラの岡本」と岡本雄矢さんが結びついたのだった。気づいた瞬間は、一人きりだったにもかかわらず、小さく声が出た。

対談はリモートではあったが、顔を見てお話できるのは初めてで、とても楽しみにしていた。

しかし対談当日、岡本さんは暗闇だった。

正確に言うと、暗闇、というわけではない。光はあった。だけど何もわからなかった。テレビで時々見かけるような、すりガラス越しの匿名証言者という感じだが、そのほうがまだわかる。シルエットもわからなかったし、そこに人がいるかも定かではない画面で、片隅に「スキンヘッドカメラ」という文字だけが表示されていた。

そしてそこにいる（とは思うが定かではない。なにせ見えないのだから）人はただ、すみません、本当にすみません、と謝罪の言葉を繰り返していた。約束の時刻を過ぎていたからだ。パソコンがどうしようもなく重く、スマホの画面がひどい状態なので、なんとかパソコンで入ろうと思ったけれどどうまくいかなかった、といったことを伝えながら、こちらが、大丈夫ですよ、と話してもなお、気の毒になるくらい謝っていた。

サラダバーの作者がそこにいる、と思った。岡本さんを見ていると（繰り返すが見えてはいないけど）、読んでいた岡本さんの文章が、さらに説得力を増して感じられた。金属バットの二人が、後輩だと思った、と話したのにも深く納得した。岡本さんとわたしは同学年なのだが、何も前情報がなければ、絶対に後輩だと思っていた気がする。「スマホの画面がバキバキになっている、パソコンからうまく対談に参加できない人」を、先輩か後輩に分けるなら、後者しかありえないだろうと思うのだ。

おそらく岡本さんの後輩感は、本人にお会いしていなくても、サラダバーを読んだ方になら、すぐに伝わるのではないだろうか。それもまた魅力の一つだろう。

話を本書の内容にうつすと、ここに収録されている短歌もエッセイも、どれもささやかに情けなくて、ささやかに不幸だ（時に、ささやか、の範疇を超えている場合もあるけれど）。

セリフが具体的に書かれていることも多く、まるっきり同じシチュエーションというのはなかなか存在しないにもかかわらず、「知ってる！」と言いたくなる。見たことのある光景で、抱えたことのある感情だ、という気持ちにさせてくれる。そして同時に、ここで岡本さんはしっかりと立ち止まるのだな、と驚かされる。

書かれている光景も感情も、ともすれば、日常の中で通り過ぎてしまいそうになるものだ。絶対に世界の真ん中ではないし、果てでもない。なんてことのない場所で、特別じゃない出来事。

のみこめなくて、一瞬はそのことで頭をいっぱいにするかもしれない。けれどまたやってくる新たな物事に対処しているうちに、いつのまにか忘れてしまう。その繰り返し。

けれど岡本さんはそうではない。しっかりと立ち止まり、じっと見つめ、拾い、磨きあげる。それを短歌やエッセイにする。

ここで一首引用する。

《見上げても見上げなくてもあの雲はなににも似てない形をしてる》

これはエッセイではなく、短歌のみで並べられたうちのものだが、最初に読んだときに驚いてしまった。空に浮かぶ雲が何かの形に似ている、というモチーフは、詩歌だけではなく、絵本や小説などでも多く使われているものだが「なににも似てない」なんて。今までわたしは「なににも似てない」雲を数えきれないほど目にしていたにもかかわらず、それを短歌にしようなんて、一度として思ったことがなかった。だからこそ驚いたのだ。岡本さんはこんなにも逃さないのか、と。

そんな驚きを含みつつも、基本的には、とても気軽に楽しく読める一冊だ。好きなページから好きなふうに読んでいい。短歌だけ読んでも、エッセイをじっくり味わっても。それを許してくれる雰囲気にも満ちている。

読むたびに好きな短歌もエッセイも変わっていくのだが、わたしが特に印象に残っているのは、初めての同棲生活を書いたものだ。もしかすると本文よりも先に解説を読まれている方がいらっしゃるかもしれないので、引用はやめておくが、三日目に恋人から向けられた言葉とその短歌に、小さく衝撃を受けた。おそらくリアルな出来事を書いているので、この言い方もおかしいかもしれないが、本当にリアルだ、と思った。イメージしただけでは生まれてこないフレーズ。

立ち止まりつづけるのは大変だろうとわかっているが、それでもなお、立ち止まりつづけてほしいと願う。なぜならもっと読みたいからだ。岡本さんの短歌を。岡本さんのエッセイを。

　最後に、個人的な約束の話を備忘録のように記してしまうが、リモート対談での遅刻のお詫びとして、岡本さんからは、いつかアイスをおごります、という言葉をもらった。買ってもらう商品の目星はもうつけているので、一日も早く実現してほしい。そして例の短歌を繰り返してもらいたい。ひっそりと願っている。

《おごるって言ったのはアイスの話で、それチョコレートパフェじゃねーかよ》

——歌人、小説家

この作品は二〇二一年四月小社より刊行されたものです。
JASRAC出2400034-401
本文デザイン　鈴木成一デザイン室

全員《ぜんいん》がサラダバーに行《い》ってる時《とき》に全部《ぜんぶ》のカバン見《み》てる役割《やくわり》

岡本雄矢《おかもとゆうや》

令和6年4月15日　初版発行

発行人――石原正康
編集人――高部真人
発行所――株式会社幻冬舎
〒151-0051東京都渋谷区千駄ヶ谷4-9-7
電話　03(5411)6222(営業)
　　　03(5411)6211(編集)
公式HP　https://www.gentosha.co.jp/
印刷・製本―錦明印刷株式会社
装丁者――高橋雅之

検印廃止

幻冬舎文庫

ISBN978-4-344-43373-1　C0195　お-61-1